文春文庫

鐺騒ぎ

新・酔いどれ小籐次（十五）

佐伯泰英

文藝春秋

目次

「新・酔いどれ小籐次」おもな登場人物

赤目《あかめ》小《こ》籐次《とうじ》　元豊後森藩江戸下屋敷の厩番。主君・久留島通嘉が城中で大名四家に嘲笑されたことを知り、藩を辞して四藩の大名行列を襲い、御鑓先を奪い取る（御鑓拝借事件）。この事件を機に、〝酔いどれ小籐次〟として江戸中の人気者となる。来島水軍流の達人にして、無類の酒好き。

赤目駿太郎　小籐次を襲った刺客・須藤平八郎の息子。須藤を斃した小籐次が養父となる。愛犬はクロスケとシロ。

赤目りょう　小籐次の妻となった歌人。旗本水野監物家の奥女中を辞し、芽柳《めやなぎ》派を主宰する。須崎村の望外川荘に暮らす。

勝五郎　新兵衛長屋に暮らす、小籐次の隣人。読売屋の下請け版木職人。

新兵衛　久慈屋の家作である新兵衛長屋の差配だったが、呆けが進んでいる。

お麻　新兵衛の娘。父に代わって長屋の差配を勤める。夫の桂三郎は錺《かざり》職人。

お夕　お麻、桂三郎夫婦の一人娘。駿太郎とは姉弟のように育つ。

五十六　芝口橋北詰めに店を構える紙問屋久慈屋の隠居。小籐次の強力な庇護者。

久慈屋昌右衛門 番頭だった浩介が、婿入りして八代目昌右衛門を襲名。

観右衛門 久慈屋の大番頭。

国三 久慈屋の手代。

秀次 南町奉行所の岡っ引き。難波橋の親分。小籐次の協力を得て事件を解決する。

空蔵《そらぞう》 読売屋の書き方兼なんでも屋。通称「ほら蔵」。

うづ 弟の角吉とともに、深川蛤町裏河岸で野菜を舟で商う。小籐次の得意先で曲《わげ》物《もの》師の万作の倅、太郎吉と所帯を持った。

久《く》留《る》島《しま》通《みち》嘉《ひろ》 豊後森藩八代目藩主。

青山忠裕《ただやす》 丹波篠山藩主、譜代大名で老中。小籐次と協力関係にある。

おしん 青山忠裕配下の密偵。中田新八とともに小籐次と協力し合う。

お鈴 おしんの従妹。丹波篠山の旅籠の娘。

この作品は文春文庫のために書き下ろされたものです。

鑓騒ぎ

新・酔いどれ小籐次（十五）

第一章 御節振舞

一

文政八年（一八二五）の大晦日。

望外川荘《ぼうがいせんそう》はいつもの年よりも賑やかだった。お鈴がいることもあったが、そのお鈴の従姉《いとこ》のおしんと同輩の中田新八から、

「私どもの稼業は正月の御礼登城には関わりありませんから」

と聞いた小籐次《ことうじ》がおりょうと話して、大晦日から正月の間、望外川荘に泊まるように誘うと、二人はいそいそとやってきたのだ。

大晦日の夜、丹波篠山《ささやま》産の四斗樽が台所の板の間に据えられていた。こちらは正真正銘の丹波杜氏《とじ》の造った篠山の酒で、篠山藩主の青山家から贈られたものだ。

新八が、

「殿からの正月祝にございます。それがしが直に新川の酒問屋に参り、利き酒をして購《あがな》いましたで、『いわみぎんざんねずみとり』は入ってございません」

と届けてくれた。

小籐次一家が篠山の旅から帰る直前、芝口新町の新兵衛長屋の小籐次の部屋に、

「老中青山家から届け物」

と称して殺鼠剤《さつそざい》入りの四斗樽が届けられた。

それは例幣使《れいへいし》杉宮の辰麿《たつまろ》を名乗る押込み強盗鳥刺の丹蔵らが捕縛されたあとの調べで、篠山藩からの届け物と偽り、一味が赤目《あかめ》小籐次を亡き者にしようとしたものであったことが判明した。その四斗樽を飲んでいれば、今ごろ小籐次は生きていないはずだ。

新八はそのことを言っていた。

一家三人におしん、新八、お鈴にお梅と、別棟に住む百助《ももすけ》を除いて囲炉裏を囲んで酒を飲みながら談笑する、なんとも穏やかな年の暮れだった。

百助はどんな折にも決して母屋で飲み食いしようとはしなかった。独りのほうが気楽でいいというのだ。そこで駿太郎《しゅんたろう》が四斗樽の酒を貧乏徳利に移し替えて、

届けていた。

「赤目様一家には今年もまた多忙な年でございましたな」

「おお、それがしは伊勢と篠山に二度も長旅をさせてもろうた。それぞれが貴重な経験であったな」

「伊勢の旅はともあれ、赤目様ご一家がわが丹波篠山藩に関わりがあったことが天下に知れました。篠山藩にとっては喜ばしいことでしたぞ」

新八は篠山の酒にほろ酔いになり、満足げにそう言った。

「新八さん、そうとばかり言ってはいられませんよ。赤目様はますます多忙を極める春になりますよ」

とおしんが予言し、

「おお、そうじゃ、忘れるところであったわ」

と新八がなにかを思い出したように洩らした。

「赤目様、松の内が明けたあと、上様は御鷹始の狩りをなさることになりました。その帰りに望外川荘に立ち寄り、茶を一服所望なさる意向でございますそうな。殿からこの旨赤目様に伝えてくれ、と言付けがございました」

「夏の登城の折からの約定じゃ。お断りもなるまいな」

と小籐次が即答し、

「茶を喫してもらうだけでようございますか」

とおりょうが気にした。

「御鷹狩は知らぬが、馬で野原を駆け回れば喉もお渇きになろう。茶のあとは酒かのう。過日は、城中白書院で馳走になったゆえ、こたびはこちらが持て成す番か」

「座敷ではのうて、かように囲炉裏端の接待が上様には珍しゅうございませぬか。不謹慎すぎますかな」

と新八が言い出した。

「あちらが白書院ではのう、意外に座敷より囲炉裏端がよいかもしれぬな」

と小籐次が応じ、お鈴が目を丸くして、

「上様とは公方《くぼう》様のことですか、おしん従姉《あね》」

「お鈴、そうよ。徳川家斉《いえなり》様のことよ」

「上様がこの囲炉裏端にお座りになるというのは真《まこと》の話ですか」

「さあて、ご近習《きんじゅ》衆がどう申されるか。どちらの大名家でもかような話があれば上を下への大騒ぎでしょうね」

とおしんが笑った。

「おしんさんや、その一件、話が進んでから考えようか」

小籐次が答えて、おしんが話柄を転じた。

「おりょう様、『鼠草紙《ねずみのそうし》』の絵は順調に進んでおりますか」

「長い巻物に『詞書《ことば》き』は認《したた》めました。ですが、絵は全くの素人《しろうと》、恥ずかしながら絵の具を買ってくればそれで絵を描けると思うておりました。ところが岩絵の具なるものは、真に自然物の辰砂《しんしゃ》や孔雀石、藍銅鉱《らんどうこう》を砕いて粉にしなければなりませんせん、そのあともあれこれと作業がございますそうな。とても素人の手に負えないのです。またこの買い求めた浅草の店がいい加減で、粉にしたのは売り切れた、と申すのです。そんな折、喜多川派の絵師喜多川歌冶《うたや》様が岩絵の具をあれこれ粉にしたものを何種類も久慈屋《くじや》さんを通して私に贈ってくれました。さらには描く折に粉の岩絵の具を膠《にかわ》でのばし、色合いを出す方法をこと細かに書付にて丁重に教えて頂きました。幾たびか試しをして、色が出るようになりましたので、年明けから絵を少しずつ描いていこうと思います」

「おりょう様、なんとも楽しみなことですね」

「ほんものの『鼠草紙』とは全く異なる、素人のお遊びです」

「篠山の旅仕舞は、清心寺の墓参りでなったと思うたが、おりょうは未だ篠山が尾を引いておるか」

「わが君、旅のもろもろを思い出しながら描くのです。楽しかった篠山滞在を追憶するりょうだけの独り旅です」

と満足げな顔で言った。

自在鉤《かぎ》にかけた鉄鍋には、久慈屋から頂戴した鶏肉と鯛などの魚に野菜を入れた鍋料理が頃合いに煮上がった。大人たちは鍋料理を菜に酒を酌み交わし、お鈴、お梅と駿太郎の三人は、温かい料理を食しながら正月三が日にどこを訪ねようかと話し合っていた。

「おお、そうじゃ、思い出した」

中田新八が小籐次を見た。

「なにを思い出したというのかな、新八どの」

「赤目様は、ただ今の江戸で武名を高めてきた、若手の剣術家衆をご存じですかな」

「江戸には数多《あまた》剣客はおられよう」

「数多のなかでも格別に武名を高めてきた四人の剣術家がおられます」

「どなたですか」

小籐次より駿太郎が気にした。

「駿太郎さん、かような評を承知ですか、『甲の千葉周作か、乙の斎藤弥九郎か』との剣術家に対する無責任な評価です」

駿太郎が首を横に振った。

「わしは読売屋の空蔵《そらぞう》に聞いたような気がする。甲の千葉周作といわれるは、神田於《お》玉《たま》ヶ池《いけ》にある北辰一刀流の玄武館道場の千葉どのではないか。千葉どのはいくつになられるな」

「寛政五年生まれと聞きましたで、明日になれば三十四にございましょう。確か三年前に日本橋品川町に道場を開き、ただ今では於玉ヶ池に道場を移して大勢の門弟が詰めかけているそうです」

「剣術家としては脂の乗る年齢じゃな」

「はい」

と応じた新八が、

「北辰一刀流は、『剣は瞬息にして、心、気、力の一致』を目指す剣術じゃそうです」

「中田様、もうお一方はどのような剣術家ですか」

駿太郎が聞いた。

「斎藤弥九郎どのは無念流の岡田十松門下の俊英でございましてな、来年には俎《まな》板橋《いた》のそばに練兵館なる斎藤派無念流道場を開かれるそうです。齢は千葉周作どのより五歳若いそうです」

新八が江戸の剣術界に詳しいので小籐次は驚いた。

『御鑓拝借《おやりはいしやく》』騒動で一躍江戸に武名を轟《とどろ》かせた小籐次だが、なにしろ来島《くるしま》水軍流という江戸で馴染みのない流儀の上にどこかの道場で修行したこともない。ゆえにいくら武名が高かろうと赤目小籐次は異色の存在であった。

「中田様、三人目はどなた様ですか」

「そうですね、桃井《もものい》どのかな、鏡心明智《きようしんめいち》流の三代目でございましてな、直雄《なおかつ》どのです。道場が八丁堀のアサリ河岸にあるので、八丁堀の与力同心やその子弟が弟子に多いそうです。この三人は甲乙丙つけ難く、御家人の出の伊庭軍兵衛どのを加えて、『甲乙丙丁、順位つけ難し』と申す剣術通もおるようです」

と説明した。

小籐次は新八の話を眼を輝かせて聞いている駿太郎に、

「そなた、どこぞの道場に入門したいか」

と聞いた。

「父上、私の師は赤目小籐次、流儀は来島水軍流です」

「いや、須藤平八郎どのの心地流《しんち》もそなたの血に流れておるわ」

「はい」

と短く応えた駿太郎が、

「機会があれば四人の方の剣術を拝見したいと思っただけです」

「駿太郎さん、桃井道場は町奉行所の与力同心方が大勢門弟衆としておられます。ご存じの近藤精兵衛どのにお願いすればすぐにも見物は叶いましょう」

と新八が、

(見物だけで済むかな)

といった顔で駿太郎を見た。

「父上」

「そなたがお頼みしてみよ。見物なればわしも同行させてもらおう」

と小籐次が言い出した。

「はい、年が明けたら近藤様にお願いします」

駿太郎がいい、休めていた箸を動かし始めた。

「駿太郎さん、剣術がほんとうに好きなのね」

とお鈴が改めて感心した表情で言った。

「剣術が好きかどうか分かりません。でも、私が物心ついたときから、研ぎ仕事と同じように剣術を父上に教えられました。私にとって剣術は暮らしの一部なのです」

「稽古は嫌いじゃないわよね。篠山のうちの旅籠《はたご》に着いた翌朝には庭で稽古をしていたものね、心から好きじゃないと、長旅の翌日にあのような稽古はできないわ」

「好きなのでしょう。でも」

駿太郎が言葉を止めた。

「でも、なんだな、駿太郎」

「父上は私の年ごろ、剣術の稽古をなすのは好きではなかったといつも申されていますよね」

と駿太郎が反問し、

「覚えておったか。わしは亡父の伊蔵から殴られ叩かれの稽古よりも朋輩と遊び暮らしていたほうがよくてな、いつも父から逃げ回っておったわ」

「いつのころから剣術が好きになったのですか」

父と子の会話をその場の者たちが耳をそばだてて聞いていた。

「わしか、父が健在の折、好き嫌いに関わらずわしは来島水軍流を体に強引に叩き込まれた。ただ今、剣術が好きかと尋ねられれば、正直返答に窮するな」

小籐次はちびちびと酒を口に含みながら駿太郎の問いに正直に答えた。するとおりょうが口を挟んだ。

「おまえ様の剣術は、他人様《ひとさま》を助けるための剣術でございましょう。駿太郎は未だ剣術を学んで、なんのために使うのか、そんな考えはございますまい。それにしても不思議ですね。父御から逃げ回ったおまえ様にちゃんと伊蔵様の技が伝わっているのですものね。やはり赤目小籐次の剣術は、この世の中のために要るのです」

「母上、父上の剣術は他人を助けるためですか」

と駿太郎が胸の中の戸惑いを質《ただ》した。

「赤目小籐次という剣術家が世に知られたのは、旧主久留島通嘉《くるしまみちひろ》様の無念を晴らすためでございましたね。以来、赤目小籐次の剣は他人を助けるため、世直しのために使われてきたと思いませんか、駿太郎。そなたの父上は好きで人を殺《あや》めたことはありますまい」

おりょうの言葉を吟味していた駿太郎がこくりと頷いた。

「生まれたときから一人ひとりにさだめがございます。そのさだめに逆らうことも、無視することもできましょう。ですが、そなたの父上須藤平八郎様も、養父赤目小籐次も潔くさだめに従ってこられました。そなたは、剣術の稽古の果てに、なんのために剣が腰にあるのか、なんのために刃を揮《ふる》うのか、学ばねばなりません。そのために中田様が話された剣術家の稽古を見るのもよいことと思います」

「はい」

駿太郎が返事をした。

大晦日の夜、囲炉裏端ではいつまでも談笑が続いた。

金竜山浅草寺の百八つの煩悩を払う鐘の音が隅田川を渡って須崎村まで伝わってきた。

囲炉裏端で七人の男女は、それぞれの想いに重ねて除夜の鐘を聞いた。

翌朝、起きると雪がうっすらと降り積もっていた。

駿太郎は弘福寺を訪ねてみた。初詣の人がいるならば本堂で稽古はできまいと思ったが、どうやら日ごろの行いのせいか、刻限も早いせいか、だれ一人見当たらなかった。

須弥壇《しゅみだん》に頭を下げ、合掌しながら、

「新年おめでとうございます」

と賀詞を述べた。

その上で本堂に上がり、手にしてきた二本の刀のうち、馴染みのある孫六兼元《まごろくかねもと》刃渡り二尺二寸一分を十三歳になった腰に差した。そして、もう一本の刀を須弥壇の前に置いた。それは昨夏、家斉より拝領した、黒漆塗打刀拵《ごしら》えの備前一文字則宗だ。刃渡りは二尺六寸もあった。

駿太郎は須弥壇に拝礼すると、孫六兼元をゆっくりと抜き打つ稽古を始めた。来島水軍流の教えにそって抜き打ちの動きを繰り返しながら、駿太郎は、

(なんのために剣術修行をなすのか)

と胸の中で自問した。

簡単に答えが出る問いではない。そう考えながらも兼元を無心に抜き打ち、また鞘《さや》に戻して、姿勢を正し、構えをなす稽古をひたすら繰り返した。そして、時

が経つにつれて抜き打つ動きを早くした。だが、性急な動きにならぬように心がけた。

気がつくと己への問いは胸中から消えていた。

本堂に人の気配がした。

智永かと思い、動きを止めた。

振り返ると二人の武士が土足のまま本堂裏から姿を見せた。

「未だ餓鬼ではないか」

六尺はありそうな浪人者が連れに言った。連れは小太りの浪人者だった。

正月元日、雪を避けて弘福寺に上がり込んで一夜を過ごしていたか。

「どなたですか」

「おまえこそ何者だ」

「お寺様に断って稽古をさせてもらっている者です」

小太りの浪人者が須弥壇においた備前一文字則宗に目を止めた。

「こやつ、餓鬼のくせに二本も大刀を携えておるぞ。うーむ、拵えからして、なかなかの逸品とみた。叩き売っても二、三両はしよう。頂戴していこうか」

と言い、須弥壇に近寄ろうとした。

「お止めください。それは大事な頂戴ものです」

「頂戴ものじゃと。貧乏寺にはふさわしくないでな、われらが頂戴致す」

と言ったとき、傍らから人影が須弥壇にすっと近づいて、則宗を摑んだ。

「おい、ごろつき浪人、てめえが触るような刀じゃねえや。公方様から拝領の刀だ、それによ、駿太郎さんを甘くみるんじゃない。親父の名を聞いてびっくり仰天して腰を抜かすな」

木刀と則宗を手にして叫んだのは智永だ。

「智永さん、父の名は口にしないで下さい」

と注意した。

「そうか、こやつら、親父の名前を聞いただけで逃げ出す手合いだよな」

と智永が相手を挑発した。

「許せぬ」

と大男が腰の刀の柄《つか》に手をかけた。

「駿太郎さん、こやつら相手に上様拝領の刀はないよな、この木刀でどうだ」

と智永が駿太郎に投げて寄越した。

「おのれ、われらを虚仮《こけ》にしおって」

「おお、竹光を抜く気だぞ」

智永はさらに挑発した。

二人の無頼浪人が剣を抜こうとした。

その瞬間、駿太郎が木刀を手に迅速果敢の動きを見せた。まず大男の抜きかけた腕を叩き、小太りの浪人者の胴を叩いて転がした。

「おおー、二丁あがり！」

と叫んだ智永が、

「駿太郎さんよ、また一段と喧嘩上手になったな」

と妙な褒め方をした。

二

小籐次は、正月元旦には台所の荒神様に榊を捧げ、若水を供えるのが習わしだった。また、神棚には研ぎの道具の砥石を清めて安置して一年が無事に済んだことを感謝し、そして文政九年（一八二六）が穏やかに暮らせるようにと祈願をこめて柏手を打った。

同じ刻限、お鈴は望外川荘の表庭に面した縁側の雨戸を開けた。すると初日の出の気配がして、庭に降り積もった白い雪が赤く染まっていた。

「まあ、なんてことでしょう」

お鈴の感嘆の声が小籐次にも聞こえた。

泉水に突き出して建つ茶室不酔庵《ふすいあん》の紅梅の花に雪がうっすらと積もり、なんとも美しい景色にお鈴は目が洗われた。一転視線を川向こうの江戸に向けると、お城の屋根が白に染まり、遠くに望む富士の峰も降り積もった雪で荘厳な景色を見せていた。

（これが江戸なのだ）

と改めてお鈴が感慨に浸っていると人の気配がして、傍らに立った。

おしんだった。

齢の離れた従姉妹同士は、江戸で初めて同じ屋根の下で年の瀬を過ごし、望外川荘の雪に染まった庭と川向こうの「江戸」を望遠した。

無言で佇む二人を凜とした寒さが包んだ。

北風が吹いてきて雪が風にきらきらと光って見えた。

「おしん従姉が江戸が好きなわけが分かったわ」

「お鈴、私は篠山が嫌いなわけじゃないのよ。江戸生まれゆえ、殿様の御用を勤めているうちにかように長くなっただけよ」

「ならば殿様が篠山に帰ってよしと言われたら篠山に戻るの」

「さあ」

とおしんが首を捻り、

「こんな景色は望外川荘からしか見られないのよ。私も幾たびも江戸で正月を過ごしたけれど、白い雪に染まった江戸を須崎村から眺めるなんて初めてのことだわ」

と話題を変えた。そのとき、

「新年おめでとう」

とおりょうの声がして、おりょうも初日の出に染まる雪景色見物に加わった。

「おりょう様、明けましておめでとうございます」

「望外川荘にお招きいただきまして言葉もないほど感激しております。ただ今お鈴にも申しましたが、かように神々しい正月の江戸景色は初めてです。雪の新春、一段と目出度さが募ります」

お鈴とおしんの二人の声が震えていた。寒さもあったが、この景色に感動して震えているのだ。

「雪の新年とは気持ちが洗われますね」

おりょうが二人に応じたとき、白一色の庭に二匹の犬が飛び出して走り回った。犬たちの脚の潜り込み具合から考えて、どうやら三、四寸は積もったようだ。

「クロスケとシロまで昂奮しているわ」

とお鈴が言った。

一頻《ひとしき》り庭を走り回っていた二匹の犬たちが突然、望外川荘の庭の奥へと消えた。

「あら、どこへ行くのかしら」

「駿太郎が朝稽古に弘福寺に行っているのです。見物に行ったのではないかしら」

「赤目様親子は正月から稽古ですか」

「いえ、旦那様は神棚を清めてただ今湯に浸かっておりましょう。今年から年寄りは無理をせず隠居のように過ごすそうです」

おしんの問いにおりょうが笑い顔で応じ、

「さあて、世間が赤目様の隠居を許しましょうか」

とおしんがさらに疑問を呈した。

「おしんさん、亭主どのの齢を考えて下され」

「赤目小籐次様は『御鑓拝借』以来、不死身の勇者にございます」

おしんが抗《あらが》った。

「とは申せ、齢は一様にどなた様も重ねるものでございます。私どももそのことを肝に銘じて赤目小籐次様のご出馬をできるかぎり避けるべく努めます。どうか今後とも末永いお付き合いをお願い致します」

おしんはおりょうに約定した。

雪景色を十分に堪能した三人の女たちが障子を閉めて台所に向かった。すると囲炉裏端に湯から上がったばかりの小籐次と中田新八がいた。

「おまえ様、美しい雪景色でしたよ」

「湯殿からな、初日の出を拝んだわ。今年は穏やかな年だとよいな」

と夫婦が言い合い、

「そなたらも湯で体を温めよ」

と女たち三人を湯殿に向かわせた。

望外川荘は大身旗本の数寄者《すきしゃ》が建てた建物だ。それだけに檜の湯船も三人いっしょに入れるほど広かった。

「藩邸ではかような長閑《のどか》な正月は迎えられませぬ」

「大名方は直垂《ひたたれ》や狩衣《かりぎぬ》で初登城か、ご苦労じゃな」

初登城は御礼登城とも呼ばれる。徳川家に大名、旗本、御用達町人らが忠誠心を見せる儀式だ。

「はい、われらは囲炉裏端でぬくぬくと火にあたりながら雪景色を愛でていればよいのですが、礼服での雪の中の初登城、行列は難儀しておりましょうな」

と新八が呟いた。

おしんも中田新八も譜代大名篠山藩青山家の家臣だ。だが、密偵という格別な職務ゆえ、初登城や五節句の総登城の行列に従うことはなく、勝手気ままな奉公が許されていた。ゆえに年末年始と望外川荘に泊まりがけの滞在も大目に見られた。直属の上司は老中青山忠裕《ただやす》自身だから、二人の行動に文句をつける家臣はいなかった。

「まあ、かような正月があってもよかろう」

「さようですね、生涯一度の穏やかな年明けです」

小籐次と新八が言い合い、囲炉裏の火を見詰めあった。

すると裏口から駿太郎と二匹の犬たちが台所に入ってきて、冷たい風が吹き込んだ。人も犬も足元が雪で濡れている。

「弘福寺にて稽古か」

と小籐次が質すと、

「後ほど新年の挨拶に和尚様と智永さんが参られるそうです」

駿太郎が白い息とともに答えた。

「雪の正月から稽古でしたか」

と新八が駿太郎に尋ね、

「稽古をしようと思ったのですが邪魔が入り、十分にはできませんでした」

「なに、邪魔じゃと、なにがあった」

小籐次が驚くと、駿太郎は一夜を弘福寺で過ごしていたと思しき二人の浪人者のことを告げた。

「不埒《ふらち》にも年越しを弘福寺で過ごした浪人がおりましたか。在所から流れてきた浪人でしょうかね。この数年、凶作が続いておりますからな、さような不逞の輩が江戸に増えます」

と新八が嘆いたとき、交替で湯に浸かったおりょうたち三人の女衆《おんなし》が台所に姿を見せた。

いつの間にか、おりょうは薄化粧をして、晴れ着に替えていた。

「駿太郎、湯に入ってらっしゃい」

おりょうに言われた駿太郎が濡れた足袋《たび》を脱ぎ、

「クロスケ、シロ、おまえたちも釜場で濡れた足を乾かせ」

と言うと、その言葉を察したか二匹の犬たちは裏戸から外へと出ていった。

百助が釜番して火があることを知っているのだ。

「みんなが湯に入り終えたら、座敷で元旦の御節振舞でお祝いを致しましょうか」

とおりょうが言い、囲炉裏の火で沸いた鉄瓶の湯を使い、小籐次と新八に茶を淹れてくれた。御節振舞は江戸では「食積《くいつみ》」ともいい、上方では「蓬萊《ほうらい》」と呼んだ。三方に、のし鮑《あわび》、伊勢エビ、勝栗、昆布、干柿、みかんなどを飾った。その前で食するのが御節振舞、食積だ。

おしんとお鈴は囲炉裏端から座敷に移った。

「殿様はただ今、城中でございますか」

おりょうが新八に尋ねた。

「はい。正月、武家方はなにかと忙しゅうございます」

「実家《さと》でも正月は初登城いたしましたゆえよう分かります」

「御歌学方《かがくかた》の北村家でございましたな」

「本家の季文伯父が病弱ゆえ、わが父が御歌学方の代役を長らく勤めておりまして五節句などには登城致します」

直参旗本も格式、諸役に従い、三が日のどこかで御礼登城をした。

「わしは主なしゆえ気楽でよいな」

茶を喫しながら小籐次が言った。

「天下の赤目小籐次様に主がおってはおかしゅうございましょう。おしんさんもそれがしも勝手気ままに過ごしているようで、常に仕えるべき主の存在を忘れることはできません。赤目様ゆえ許されるご身分です」

新八が応じた。

「旧主の久留島通嘉様がおまえ様のことを頼りにされておられるのではございませんか」

おりょうの言葉で小籐次は思い出していた。

「そうじゃ、創玄《そうげん》一郎太らがいつぞや言うておったな。森藩の殿から一度江戸藩邸に顔を出せとの言付けであった。松明けにも藩邸を訪ねてみようか」

「おお、赤目様にも旧主がおられましたな。なんぞ森藩に厄介ごとが生じましたかな」

「一郎太らの口調は急用とも思えなかったがのう」

「森藩の初登城はいつでしたかな」

「外様一万二千五百石の小名ゆえ御礼登城は二日じゃな」

　とはいえ、下屋敷の厩番《うまやばん》であった小籐次が御礼登城や五節句の総登城の行列に加わったことなどない。全く無縁の話であった。下屋敷では正月元日だけが休みで、内職をなさなくてもよかった。だからといって御節振舞の馳走を食し、酒を飲むなどありえなかった。

「なんでも装束は位階によって違うそうじゃな。久留島の殿様は従五位下ゆえ大紋で三百諸侯の中でもいちばん質素な形《なり》と聞いたことがある」

「初登城や総登城は、家禄より位階が優先されるそうでございます。正直申して赤目様の旧主久留島様は、気苦労の多い明日でございましょうな。なにしろ城中の茶坊主に何万石もの大名方が気をつかう儀式じゃそうですからな」

「まあ、そなたやおしんさん、それに研ぎ屋の爺には関わりなき御礼登城、初登城じゃな」

「望外川荘の囲炉裏端で呑気に殿様方の緊張ぶりを話しておるのですからな。人は生まれによってあれこれとございましょうが、宮仕えは御免蒙《こうむ》りたいもので」

「密偵どのは宮仕えとは違うのかな、新八どの」

「むろん忠義を尽くすのはわが殿にございます。されど殿が老中職にあるかぎり、われらの身分も御用も曖昧《あいまい》にございましてな、篠山藩の御用を務めるよりも老中職の、つまりは公儀の務めを果たすことが多うございます。かようなことは今さら赤目様に申し上げることでもございませんな。赤目様のお屋敷にお邪魔していることが老中職の殿の意を汲んでの御用ともいえますでな」

「なに、わしと付き合うことが公儀の御用を務めることか」

「はい」

　と新八が平然と返事をした。

「おりょう、おしんさんと新八どのを望外川荘に招くのではなかったな、われらと付き合うのがお二人の奉公じゃそうな」

「さようなことは何年も前からお分かりでございましょう。女の私が篠山に行けたのも老中青山下野《しもつけ》守様のお力のお蔭、相身互いのことでございますよ」

とおりょうが応じた。

「まあ、わしが公儀のことを考えたところで致し方ないわ。この世、なるようにしかならぬ、成り行き任せゆえな」

「いかにもさようです」

と新八が答えたとき、晴れ着に着替えたお鈴が、

「おりょう様、あちらに正月の宴の場が設《しつら》えられました」

と囲炉裏端に姿を見せた。

「それは大変、おまえ様もそうです、駿太郎にも着替えてもらわねばなりますまい」

「なに、わしも着替えか」

「はい。偶《たま》には酔いどれ小籐次が礼服をお召しになるのもようございましょう」

「わが家に礼服などあったか」

「ございますとも。こちらへどうぞ」

とおりょうに連れられて、小籐次と湯から上がった駿太郎は座敷に向かった。

すでに床の間のある十二畳に弘福寺の向田瑞願《ずいがん》と智永親子を含めて、九人の膳が並べられているのが襖の陰から見えた。

御節振舞の料理が並んだ膳を横目に着替えた、袴に春めいた小袖に袖なしの綿

入れが小籐次の、

「礼服」

であった。

小籐次はなんとなく隠居然とした形に脇差だけを腰に差してみた。一方、駿太郎は真新しい袴と小袖を着るととても十三歳には見えなかった。背丈も五尺八寸あり、小籐次より顔一つ分高かった。

「駿太郎、日に日に背が延びぬか、それともわしが縮んできたのか」

と小籐次が驚いた。

縁側から弘福寺の和尚親子の声がした。

「ああ、智永さんだ」

駿太郎が父に倣って腰帯に脇差を差し落とすと、十五、六歳に見える小姓が出来上がった。

「われら親子の正装はなった。参ろうか」

宴の場を仕切った襖を大きく開くと、瑞願が座に落ち着いたところだった。

「和尚、われらも新年を賀そうか」

「おお、酔いどれ様、目出度いのう」

と瑞願が年季の入った袈裟姿で祝辞を返した。智永は作務衣《さむえ》姿だ。その智永が駿太郎を見て、

「駿ちゃん、朝の間より背丈が伸びないか」

と眩しそうに見た。

「最前から一刻（二時間）も経っていません。背丈が伸びるわけもないでしょう」

「いや、伸びたな。その幼い顔さえ隠しておれば、若武者というていい体付きだぞ」

「母上、小袖と袴のせいでしょうか」

おりょうが駿太郎を見返して、

「顔は未だ十三にして体の大きさは十五、六かしら」

「いえ、おりょう様、もはや立派な若侍ですよ」

とおしんが言い、

「まあ、一同膳の前に着きなされ」

と小籐次が勧めて、それぞれが着座し、

「文政九年、目出とうござる。ご一統の今年がよき年でありますように」

との小籐次の言葉に一同が改めて、

「おめでとうございます」

と新年の祝いの言葉を返した。

晴れ着のお鈴とお梅が一同の酒杯に酒を注いで回り、九人がそれぞれの想いを胸に酒を飲み干した。駿太郎は、盃の酒を舐め、

「甘いのか、苦いのか。よく酒の味が分かりません」

と盃を置くと智永に、

「館山のお寺さんに再修行にいかれるのはいつになりました」

と聞いた。

「二月朔日《ついたち》からと決まった。あとひと月だな」

智永は手にしていた盃の酒をぐいっと飲み干し、膳の上に置いた。

「親父を見ておると酒はこりごりだからな」

「智永さんの留守の間、和尚様のことは飲みすぎないように見ていますからね」

駿太郎が智永に約束すると、

「頼む」

と真剣な顔で応じた。

暮れに久慈屋から頂戴した魚や野菜を、おりょうが指揮してこの数日で用意した御節振舞料理に、駿太郎と智永が一番先に箸をつけて、

「おお、美味《うま》いな。おりょう様の御節振舞はこの正月で当分食い納めかな。なにしろあちらには精進料理が待っているからな」

とどことなく再修行に挑む覚悟を決めた表情の智永が言った。

「おりょう様が煮たこの煮豆腐美味《おい》しいわ、お梅さん」

とお鈴が言った。

九つの膳の真ん中に久慈屋から頂戴した鯛や烏賊《いか》の造りがあって、駿太郎と智永が競い合うように自分の小皿に分けた。

小籐次は盃を茶碗に替えた瑞願に、

「今年の和尚の願いはなんだな」

「わしか、一日の終わりに酒が飲める暮らしが続くことかのう、ささやかなものよ。それ以上のことは願わぬ」

と言った和尚が、

「酔いどれどのの願いはなんだな」

「わしも和尚と変わらぬな。これ以上、厄介ごとに巻き込まれぬことを祈ろう

か」

と小籐次が応じたとき、

「父上、無理かと思います」

駿太郎が言い、小籐次が駿太郎の視線の先を見ると、森藩の近習頭池端恭之助が創玄一郎太と田淵代五郎《よごろう》を従えて庭先に立ち、困惑の顔で望外川荘の正月の宴の様子を見ていた。

三

小籐次は池端恭之助と向き合うように屋根船の舳先《へさき》に乗っていた。創玄一郎太と田淵代五郎は艫《とも》側の離れた場所に控えていた。

風は川上から筑波下ろしが吹き、前の二人の潜《ひそ》み声の話は後ろの二人に聞き取れなかった。

御節振舞の宴の最中に旧藩の三人の家臣が姿を見せた。

正月元日になにが起こったのか、小籐次にも他のだれにも分からなかった。

老中青山忠裕の密偵中田新八もおしんも推量がつかない様子だった。

縁側に出た小篠次に年賀の挨拶もなく、池端が固い表情でいきなり言った。

「赤目様にお願いがございます。殿より至急お呼びせよとの言付けにございます」

しばし小篠次は池端の顔を窺った。

「そのほう、殿の御用を承知か」

「いえ」

と首を横に振った。が、なんとなく池端恭之助は承知しているようでもあり、言葉どおり知らぬようでもあって小篠次は判断に迷った。

緊急の事態であることは三人の顔色から察しがついた。ただし代五郎と一郎太は用件を知らずについてこられた表情であった。

「殿にお会いすれば済むことか」

「それがなんとも」

と煮え切らない返答だった。

「わしが行かぬと申せばどうなるな」

「そ、それは」

と池端の顔が引き攣《つ》った。

「それほどのことか」

「と、思います」

と池端の返答だけははっきりとしていた。

「しばし待て、仕度を致す」

そう言い残した小籐次は宴の座敷に戻り、

「ご一統、聞いてのとおりじゃ。申し訳ないがわしは旧藩藩邸を訪ねることになった。おりょう、あとのことは頼む」

と願い、着替えに隣り座敷に向かった。すぐにおりょうが姿を見せ、

「おまえ様、どのようなことでございましょうな」

と尋ねた。

「聞いたであろう。なんのことやら推量もつかぬ。わしがおらぬようになるが皆で宴は続けよ。そのほうがわしも気が楽じゃからな」

と言いながら普段着に着替えた。筒袴を穿いて袖なしの綿入れを着ればことはなった。

おりょうが刀掛けから次直《つぐなお》を携えてきた。

「留守を頼む」

と重ねて願い、縁側に出るとお梅が小籐次の足駄を沓脱《くつぬぎ》に用意していた。

「新八どの、おしんさん、相済まぬな」

と二人に意を伝えた。二人なれば密かに森藩藩主久留島通嘉になにが起こっているか、後々調べてくれようと思ったからだ。そして、

「わしはおらぬが御節振舞はこのまま続けよ」

最後に一同に言い残すと雪の庭を抜けて船着場に向かった。すると船頭二人の屋根船が待ち受けていた。森藩の出入りの船宿の名があった。小籐次は、

「池端どの、知ることをすべて告げよ」

と命じ、

「は、はい」

と返答した池端が一瞬瞑目して気持ちを鎮めた。

「おりょう様を始め、皆様にご迷惑をお掛け致しました。心よりお詫び申し上げます」

「池端恭之助、無用な言葉を連ねるでない。わしの問いに答えよ」

「最前、殿の命と申しましたが、森藩出入りの医師杉森亮庵どのがそれがしに伝えられたことにございます」

小籐次は旧藩が医師を家臣として抱えるほどの藩でないことは承知していた。なにしろ一万二千五百石、家中千二百人程度の小藩だ。出入りの杉森医師は元札之辻で代々開業し、温厚な人柄ということを聞き知っていた。

「なに、杉森医師の言葉じゃと。殿は病であったか」

「それが二、三日前からお加減悪しきように思え、大晦日の昨晩から寝込まれました。その上で風邪《ふうじゃ》ゆえ初登城は遠慮したいとご家老に申されたとか」

「なに、風邪ゆえ初登城は遠慮するとな。さようなことができるものであろうか」

下屋敷育ちの小籐次は御礼登城ともいわれる初登城を病ゆえ欠席することが可能かどうか判断がつかなかった。

「いえ、初登城を欠席すれば森藩の公儀への忠誠心が疑われましょう。どのようなことがあろうと在府の大名諸侯は登城なされます」

「で、あろうな」

と応じた小籐次は、

「そなた、殿が風邪を理由に初登城を欠席するには曰《いわ》くがあると判断したか」

「杉森医師はさよう考えられたようでございます。診療を終え、藩邸を出られる折、それがし一人に『私より赤目小籐次様のほうが殿の病をお治しくださるのではないか』と言い残されました。それがし、ご家老にこの旨を伝えようと致しましたが、藩邸の諸々をご存じの杉森医師の言葉、ご家老よりは赤目様にお会いしたほうがよかろうと独断にて望外川荘に参った次第にございます。もしそれがしの行動が厄介を引き起こすようなれば、それがしが責めをおいまする。あの二人は望外川荘を訪ねるために同道を命じただけ、なにも知りませぬ」

しばし小籐次は間を置いた。

「殿はどうしておられる」

「ご家老方がなんとしても明日の初登城を欠席するわけには参りませぬと説得を重ねておるところにございます」

「お聞き入れにならないか」

池端恭之助は首を横に振った。

「そなた、なんぞ殿に異変を感じたことはないか」

小籐次の問いに、

「師走の最後の登城の折、下城なさる殿のお顔がいささか優れないようにそれがしには見受けられました。ですが、藩邸にお戻りになってからもなにも申されませぬゆえ、それがしは大したことはなかったかと考えました。ところが昨日『お医師を呼べ』と申されて、床に伏されました」

「杉森医師の診立てはどうだ」

「風邪とは思えぬ。熱もなし、脈も異常はないとのことでございました。その結果、それがしに」

「わしを呼べと杉森医師がそなたに告げたというわけか」

「はい」

「殿の診立ての場にいたのはだれとだれか」

「殿の命にて杉森医師お一人でございました」

「池端どの、藩邸を訪ね、殿にお会いする前に杉森医師と会いたいのう」

「ならばそれがし一人が杉森医師の診療所に案内《あない》致します」

小籐次は頷いた。


代々漢方医の杉森亮庵は江戸にて蘭方も学んだ医師であった。診療所は森藩の敷地に接した三田三丁目にあり、住まいと兼ねた屋敷であった。むろん元日のことだ、診療所は休みだった。

閉じられた通用門から中に入ると、住まいから正月を祝う宴の気配が伝わってきた。

池端が、ご免下され、と声をかけると見習医師と思しき若者が姿を見せ、

「おや、池端様」

と応じて小籐次を見て、訝《いぶか》し気な顔をした。

「糸島どの、元日に真に相済まぬが杉森先生と少しばかりお話ができまいか」

と願った。

池端は近習頭として藩出入りの医師との諸々をこなしていると思えた。ゆえに杉森医師は江戸家老ではなく、池端に小籐次が適任と伝えたのであろう。

酔いの顔の杉森医師が見習医師に代わって玄関先に姿を見せ、

「最前は元日早々にご診察を頂き、恐縮至極にございました」

と挨拶する池端をよそにその視線を小籐次に向けた。

「赤目小籐次様じゃな」

「お初にお目にかかる。いかにも赤目小籐次にござる」

「私の言葉で望外川荘から誘い出されたか、恐縮はお互いかな」

と応じた杉森医師は小籐次とほぼ同じ齢と思えた。

「池端どのより話を聞いて殿の前にお医師どのと話すべきかと思うた次第にござる。しばし時を貸しては頂けぬか」

「天下の酔いどれ小籐次様の言葉にだれが逆らえようか」

「虚名ばかりが勝手に独り歩きしておってな、ただの研ぎ屋爺にございますよ」

「一介の研ぎ屋風情が城中に呼ばれ、上様に御目見《おめみえ》するなどあるものか」

と応じた杉森が、

「こちらへ」

とふだんは待合部屋に使われる六畳間に二人を招じ上げた。正月のことだ、いつなにがあってもよいように部屋には炭火が熾《おこ》った火鉢があった。

「単刀直入にお聞き申す」

「なんなりと」

杉森医師は小籐次が訪ねてくることを予測していたか、答えた。

「久留島通嘉様は風邪を召されておるというが仮病にござるか」

「一概に仮病とは言い切れまい。殿には明らかに気鬱の症があるとお見受けした。さようなことはわれらごとき医師よりも、だれよりも頼りになされておられる赤目小籐次様がふさわしかろうと思うてな、池端様に申し上げたのだ」

「お医師どの、気鬱の元じゃが推量は全くつきませぬか」

「師走より悩み事にて眠りが足りておられぬ様子、心身を休めるのが第一と考えたで、オランダ渡来の眠り薬をその場でお飲ませした。ためにとろりとろりと眠りに就かれた。その折、しばらく私一人がな、殿の枕辺に付き添っておったが、『だれがあのような文を』とか、『予になんの恨みがあるのか』とか、最後には『赤目』と呟かれた。そのうち、本式の眠りに就かれたでな、私は藩邸を辞去して参った」

「その異国わたりの眠り薬はどれほどの効き目がござろうか」

「眠っておる刻限を聞かれたのじゃな、せいぜい二刻（四時間）から二刻半（五時間）ではあるまいか。眠り薬の効能というよりこのところ眠りが足りずに疲れきっておられましたで、薬を飲んだ安心感で眠っておられるのであろうな」

と杉森医師が答えた。

「お医師どの、それがしが殿にお会いして悩み事を聞き出せば、明日の初登城は参られることができようか」

「赤目様、私は医師じゃ、殿ではないからなんともいえぬが、公方様まで信頼される赤目小籐次様に悩み事を伝えられれば、それはなんとかなるのではないか」

二人の会話を聞いていた池端恭之助がほっと安堵したような吐息を洩らした。

小籐次と杉森医師が池端を見た。

「こ、これは失礼をば致しました」

と池端が狼狽《ろうばい》した。

小籐次が杉森医師に視線を戻し、

「他になんぞ聞いておくことがござろうか」

「殿に関しては他にないな。かような場合でなければ天下の酔いどれ様と正月の酒を一献酌み交わしたいところじゃがな」

と杉森医師が言い、

「この一件が済んだ折に願おう」

と小籐次が応じた。

杉森医師の診療所を出た二人は森藩の裏門を遠目に見て、

「池端どの、殿はだれぞから文を受け取られたか」

と小籐次が聞いた。

「藩邸に文遣いが参ったとは聞いておりませんし、文遣いが来たら来たでどなたからの書状か分かりましょう。となると」

「城中でなんぞ起こったか」

「それ以外考えられませぬ」

と池端が言い切り、

「もはや赤目様に殿に面会して頂くしか途《みち》はございませぬ」

と願った。


主が出かけた望外川荘では九つ（正午）前に正月の宴は終わった。

「おりょうさんや、酔いどれどのは今年こそ穏やかな暮らしをなすなどと願うたそばから、旧藩の殿様から呼び出しがかかった。これはのう、酔いどれ小籐次に隠居暮らしなどないという辻占じゃな」

弘福寺の瑞願和尚が飲み相手に去られて、今一つ景気が上がらない顔で言った。

「和尚様、私も口では当人に穏やかな暮らしをと申しますが、一緒になった折から赤目小籐次に隠居など似合わないことを覚悟しておりました。それにしても正月元日早々に皆様を置き去りにしていくなど非礼極まります」

「母上、致し方ございません。父上はどのような難儀も切り抜ける術《すべ》を承知です。必ずや母上のそばに戻って参ります」

と駿太郎が言った。

「われらもこれにて失礼致そうか、おしんさん」

と新八がおりょうに言い、

「中田様、お招きしたにもかかわらず大変失礼を致しました」

「いえ、赤目様ご当人の意思ではないことをこの場の全員が承知です。旧主久留島様が難儀に陥った、お助けをと家臣方に願われれば、赤目様も私どもを残して出向かざるをえません。森藩の殿にどのような難儀が降りかかったか、正月早々に家臣が訪ねてこられるのはよほどのことでございましょう」

おしんがなんとなく言外に、自分たちも調べることを匂わせた顔で応じた。

「よしなに願います」

おしんの意を飲み込んだおりょうが返事をした。

「おりょう様、お暇します前に、差し支えなければ『鼠草紙』の絵を見せていただけませんか」

とおしんが尋ねた。

「お鈴さんの記憶やら私が篠山で写した墨絵を見つつ、ようやく私なりに描いてみようと、目途を立てたところです。それでもよろしいですか」

おりょうがおしんの記憶も借りたいのか、あるいは感想を聞きたいのかそう申し出た。

「ぜひお願いいいたします」

おしんが思いがけない言葉に喜んだ。

「おしんさんは『鼠草紙』は承知というたな、それがし、見たことどころかさようなお伽草紙が篠山にあることすら知らなかったぞ。おりょう様の絵で初めて知ることになるか」

新八もなんとなく張り切った。

宴の席が片付けられ、掃除がなされて緋毛氈《ひもうせん》が敷かれた。

そこへ長い巻物が広げられた。篠山にある『鼠草紙』の幅一尺二寸（三十六センチ）、広げた全長は八十六尺（およそ二十六メートル）と同じ大きさのものを、久慈屋から頂戴した紙を貼り継いで仕上げていた。

駿太郎が巻物の端を両手で握った。

冒頭におりょうの手で、『鼠草紙』と題名が認められ、流れるような濃淡の水茎《みずくき》で物語が始まった。

おりょうの墨字だけで物語が一同に想像された。そして一同の視線は、『清水の舞台で桜見』の場面の単彩で描かれる、音羽の滝上の満開の桜の光景にいった。

「おお、これは見事かな」

新八が真っ先に感嘆の声を上げた。

「おや、新八様、わずかばかりの酒にお酔いになりましたか」

「おりょう様、それがし、初めて篠山藩の宝の写しを見て、驚きました。これが仕上がったときのことを想像致しますと、わくわく致します」

と新八が言い、

「描くかどうか悩まれた甲斐がございましたね、母上」

と駿太郎が喜んでくれた。

「おしん従姉、私が江戸へいなければならない訳がお分かりになりましたか。おりょう様の『鼠草紙』の完成までなんとしてもお手伝いしとうございます」

とお鈴が言い、

「いいわ、篠山の伯父伯母には私から、お鈴が江戸へいるのはおりょう様の『鼠草紙』の完成までと断りの文を出しておくわ」

と応じたおしんが、

「おりょう様、私の勝手な予感ですが、篠山の『鼠草紙』とは違った江戸風、いえ望外川荘風の『鼠草紙』が出来上がりますよ」

と言い切った。

「大変、過分な誉め言葉を皆様から頂戴した以上、なんとしても完成させねばなりませんね」

「おりょう様、仕上がりはいつの予定でございますか」

「二月後でしょうか」

「一月では完成しませんか」

「頑張ってみます。でも、なぜ急がせるのですか、おしんさん」

とおりょうが問い、

「まさか、おしん従姉、私を一日でも早く篠山に戻そうという考えではないでしょうね」

とお鈴が案じた。

おしんはただ微笑《ほほえ》んでなにも答えず、

「おりょう様、最後に正月らしい絵を拝見させてもらいました」

と褒め、新八が頷いた。

四

森藩江戸藩邸の藩主の病間へ通ったのは小籐次一人だけであった。

江戸家老ら重臣は池端恭之助が赤目小籐次を伴って藩邸に戻ってきた折、

「池端、なにゆえ正月早々から赤目小籐次を藩邸に連れて参った」

と険しい口調で質した。

「ご家老、殿がいまのお体で明日の初登城、お出来になりますか」

と池端が反問した。

「ご無理と思えるゆえ医師を呼んで治療をしたのであろう。なんとしても明日までに回復して初登城をなしていただかぬと、森藩は公儀より厳しい叱責を受けよう。いや、お家お取り潰しもあるやもしれぬ。赤目を呼んで、そのほうなにをなす気か」

「お医師の杉森亮庵先生が殿の病はただの風邪ではない。なんぞ悩み事があってのこと、私より頼りになるのは赤目小籐次どのじゃ、と密かに私に囁かれて屋敷をあとになされました。そこでそれがしの一存にて望外川荘を訪ねました。この結果次第では、それがし、腹を切る覚悟にございます」

池端が小籐次を傍らにおいて言い切った。

「なんと、そのほう、われらを差し置いて差出がましいことを為したものよ。池端、ただ今の言葉、忘れるでないぞ」

江戸家老が池端に吐き捨てた。

「ご家老、明日の初登城がお出来になるかどうか、この赤目小籐次にも分かりませぬ。されどただ今手を拱《こまね》いて時を無駄に過ごすなど許されますまい。それがし、殿にお会いしてようございますかな」

苦々しい表情で小籐次を睨みつけていた江戸家老が、

「その場にはわれらも同席致す」

と言った。

「そ、それは」

と池端が困惑の言葉を洩らし、しばし間を置いた小籐次が、

「ご家老、それがしがわざわざ正月の宴よりこちらに出向いたのは、池端恭之助どのの誠意に触れお医師の言葉を聞いて、森藩の存亡に拘わると得心したゆえでござる」

「われら、なにも赤目小籐次に頼んだ覚えなし。なれど、殿のご回復にそのほうが役立つならばと一縷《いちる》の望みを託して許すこともある。ただしわれらが同席の条件付きじゃ」

「それはお断り申し上げましょう。殿は重臣方にも洩らせぬ悩み事ゆえ、これまで密やかにご自分お一人で抱えてこられたのですぞ。ご家老方、殿の悩みは奈辺にあると思われますな」

「さようなことがだれに分かる。われらは風邪と思うておったのだ」

「最前も言いましたがな、ご家老方にも洩らしたくないことと考えられませぬか」

「もはや当家に関わりなきそのほうが聞き出すというか」

「昔、ご当家の下屋敷厩番であった程度の関わりはございましょう。どうしてもそれがし一人で会うのを許さぬと申されるなれば、それがし、このまま須崎村の望外川荘の客人方のもとへと戻らせて頂きまする。ちなみに客人とは老中青山下野守忠裕様の近習にございますがな」

　小籐次は立ち去る真似をした。

「な、なに、この話、老中青山様の近習が承知というか」

「それがしが伝えましたでな、承知でござる」

小籐次は虚言を弄した。

「なんと」

「ご家老、失礼を致しました」

「ま、待て。赤目小籐次」

「なんでございますな。それがし、もはやこちらには用なき人間でございましょう」

「殿とそのほうの話、後々われらに伝えてくれるか」

「ご家老、それもこれも殿の悩み事次第にござる」

うーむ、と長いこと唸っていた家老が、

「殿の御寝所に通れ」

と許しを与えた。

久留島通嘉は両眼を瞑《つむ》っていたが、起きていることは小籐次に分かった。

「殿、赤目小籐次にございます」

その声に両眼を弱々しく見開いた通嘉が、

「おお、赤目か」

と声を洩らした。

「風邪とお聞きしてお見舞いに参じました」

小籐次の言葉をしばし吟味していた通嘉が、

「予は風邪などではない」

「ならばなにをお悩みでございますな」

「赤目、予を助けてくれるか」

「なんなりとお命じ下され」

通嘉の顔がわずかに和んだ。が、直ぐに険しい顔に戻り、

「文じゃ、予に文が届きおった」

杉森医師がうわ言に聞いたように、確かに文が通嘉の悩み事の原因と思えた。

「文は城中の詰の間でお受け取りになられましたか」

「いつの間にか予の弁当の中に入っておった」

「その文は」

「赤目、文箱《ふばこ》を持て」

床近くにおいてあった文箱を小籐次に指し示した。

小籐次が床に起き上がった通嘉に文箱を差し出すと、

「開けてみよ。わが名を記した文があろう」

と小籐次に命じた。文箱の蓋《ふた》を取ると達筆で、

「森藩久留島伊予守通嘉殿」

とあった。

「披《ひら》いてようござるか」

「短い文面じゃ、許す」

小籐次が丁寧に書状を披くと、ただ一行の文字が大書されていた。

「貴藩御鑓先登城の折、頂戴仕《つかまつ》る」

とあった。

「これは」

「そなたなら容易《たやす》く理解がつこう」

小籐次が世に知られるようになったのは、通嘉が詰の間で同輩の大名に受けた恥辱を雪《すす》がんとしたことが発端だった。大名家の体面といえる御鑓先を参勤交代の折に次々に切り取った大騒動の立役《たちやく》が小籐次だった。故に即座に察しがついた。一瞬、あの折の四家が報復に出たか、と小籐次は考えた。だが、小籐次が御鑓

先を奪った讃岐《さぬき》丸亀藩、播磨《はりま》赤穂《あこう》藩、豊後臼杵《うすき》藩、それに肥前小城《おぎ》藩の四家が改めてこの江戸であのような大騒ぎを起こすとは到底思えなかった。

「殿、城中にて近頃口論や諍《いさか》いをなした他藩のお方がございましょうや」

「予がだれぞと口論をなしたというか。城中じゃぞ、どなたがさような愚かなことをなすや」

「で、ございましょうな」

となると何者が通嘉に嫌がらせをなしたか。

森藩は一万二千五百石の外様小名である。この森藩が世間に名を知られたのは、『御鑓拝借』騒ぎの赤目小籐次の武勇によってだ。故に森藩の名は、森藩下屋敷厩番の元下士の酔いどれ小籐次こと赤目小籐次の名といっしょに世間に記憶されている。となれば、

(この赤目小籐次に恨みつらみを持つ者の仕業か)

と考えられた。

「殿、森藩の御礼登城は明日にございましたな」

「いかにもさよう」

「となればもはや余裕はございませんな」

「そのほうになんぞ知恵があるか」

通嘉の顔色がどことなく上気して和んでいた。

「ございません。されどなんとしても今日じゅうに目途をつけねばなりますまい。殿、かような文に怯えてはなりませぬ」

「予には赤目小籐次がついておるでのう」

「さようにございます」

と答えるしか小籐次には方策がなかった。

「それがし、いささか調べがございますれば藩邸を辞去致しますが、夕刻までには戻って参ります」

「小籐次、待て」

と通嘉が引き止めた。

「予の初登城の折、なにがあろうと行列に加われ、よいな」

「殿、それがしはすでに森藩の家臣ではございません。なにゆえさようなことが叶いましょうや」

「いや、そなたと当家は切っても切れぬ縁と絆で結ばれておる。世間が承知のことじゃ、ゆえにそのほうが行列に加わっておっても不思議はあるまい。文の如き理不尽者も、そのほうがいるとなれば、御鑓先など奪うことは出来まい」

通嘉は、已の無茶な考えに悩みが掻き消えたように得心して大きく頷き、小籐次の顔を見た。


小籐次はまず芝増上寺の広大な境内の東、東海道沿いの両側町を隔てて海側にある播磨赤穂藩江戸藩邸に古田寿三郎を訪ねた。門番は赤目小籐次の顔を承知で、古田へと取り次いでくれた。

玄関先で待っていると、顔を赤くした古田が姿を見せた。

赤穂藩も御礼登城は正月二日だ。ゆえに藩主を中心に新年を祝していたのであろう。酒が入っていることを顔が表していた。

「まさか天下の酔いどれ様が正月早々、わが藩邸に年始に参られたということはござるまいな」

古田の皮肉には答えず小籐次は告げた。

「いささか尋ねておきたい仕儀が出来《しゅったい》した。知恵を貸してくれぬか」

小籐次の言葉に顔の表情を変えた古田が、こちらへと供待部屋に小籐次を上げた。

小籐次は正直に起きたことを告げた。かの『御鑓拝借』騒動以来、古田の人物を小籐次は評価、信頼していたからだ。

「驚きましたな。こたびの『御鑓拝借』いや、『御鑓頂戴』は豊後の久留島家に向けられましたか」

どことなくその事実を楽しんでいる風な顔で古田が言った。

「わが旧藩は外様小名、脅し甲斐もない大名じゃぞ」

「ただし豊後森藩は天下の酔いどれ小籐次様とつながっておられる。久留島の殿様を脅すということは、酔いどれ小籐次様を脅すことに等しい」

「と、思われるか」

「その他に失礼ながら豊後森藩になんぞございますかな」

しばし間を置いた小籐次が憮然とした顔で答えた。

「正直ないな」

「初登城の最中に御鑓先が切り落とされたら、森藩ばかりか酔いどれ小籐次様の武名も地に落ちましょうな」

「さようなことはどうでもよい。念のために失礼は承知でお尋ねする。古田氏《うじ》、そなたら四家はこの一件に関わりなかろうな」

「他三家は知らず、とは申せ、臼杵も丸亀も小城もあの一件を思い出させるような愚かな騒ぎをなすと思われますか」

と古田寿三郎が反問した。

「なかろうな」

「少なくともわが藩にかぎりございません」

と言い切り、

「かような話に詳しいのは『御鑓拝借』の手打ちにいささか関わりがあった柳橋の万八楼ではございませんか。なんとのうわれら四家、赤目様にとことん恥をかかされた者たちが時折、万八楼で席を設けております。むろんあの騒ぎを忘れぬための集いでございますよ」

と言い足した。

小籐次は古田らがさような集いを万八楼でなしていることを承知していなかった。そのことを告げると、

「あの騒ぎ以来、赤目様の名は江都《こうと》のみならず諸国の津々浦々まで知られた。ただ今では公方様に御目見の雲の上のお方ですでな。われらはさようなお方をお招きなどできません」

と皮肉を言った。

「元日早々つまらぬことを持ち込んだ。話は忘れてくれぬか」

「むろん他人に話すことはございません。されど赤目小籐次様の困惑の顔を見れば、いささかわれらのあの当時の苦労がお分かりになりましたかな」

と古田が言い放った。


小籐次は次に神田川の河口、大川と合流する付近の柳橋の茶屋万八楼を訪ねた。万八楼にて大酒の会が催され、小籐次も参加して二位になった馴染みの茶屋だ。

「おや、赤目小籐次様、正月早々どうなされましたな、元日は休みでございますがな」

万八楼の番頭が小籐次を見て、先に声をかけてきた。

万八楼とは『御鑓拝借』の騒ぎを治めた際も、さらにその後も幾たびか付き合いがあり、互いに承知し、古田同様に信頼していた。

「どうなされましたな」

「ちと内々に相談がござる」

「なんでございましょう」

小籐次は正直に事の次第を告げて、『御鑓拝借』に関わる四家、あるいは他の大名家で豊後森藩か赤目小籐次に恨みを持つ者の動きを知らぬかと尋ねた。

「なんと、こたびは久留島の殿様がさような脅しを受けておられますか」

と驚いた番頭が、

「あの騒ぎ以来、うちには赤目様に関心を持つ大名家の方々が数多お出でになりますがな、さような話を聞いたことはございません。まさか赤目小籐次様が背後に控えておられる豊後森藩に脅しをかける大名がいるとは思えませんがな」

と首を捻った。

この結果、まず『御鑓拝借』の騒ぎに関わった四家が新たな騒ぎを起こすことはなかろうと小籐次は判断した。

小籐次は元札之辻の豊後森藩の江戸藩邸まで戻ってきた。

もはや元日の夕暮れになっていた。

ふわり、と暗がりから人影が現れた。

迂闊《うかつ》にも考え事をして歩いていた小籐次は一瞬油断を悔いた。が、相手はおしんであった。

次直の柄に手をかけようとした小籐次は思わず、

「おしんさんか」

と洩らしていた。

「なんぞ異変がございましたか」

とおしんが質した。

小籐次は事実を告げた。

森藩の門前での立ち話だ。だが、おしんも小籐次もかようなことには慣れていたから小声で素早く会話を続けた。

「池端様方の様子からなんぞ異変が起こっているとは感じておりました。まさか森藩の殿様が」

おしんも古田らが見せたのと同じ驚きの言葉を洩らし、

「赤目様、城中でさような文を認め、久留島様に密かに渡そうなどとお考えの方がおられるかどうか、私の伝手《つて》を頼って調べてみます。むろんこの一件が城中に広がらぬように注意はします」

とおしんが言った。

「正月早々、厄介ごとを願う」

「私ども持ちつ持たれつの間柄でございます。それにしても今や公方様を味方にしておられる天下無双の赤目小籐次様を敵に回す武勇の、いえ、暗愚のお方が城中にいるとは思えません」

おしんが言い残し、闇に溶け込むように去っていった。

小籐次は無言でその背を見送り、重い足取りで森藩江戸藩邸の通用戸を叩いた。

第二章　御鑓頂戴

一

正月元日の夜、おりょうらは望外川荘で主のいない夕餉《ゆうげ》を囲炉裏端で寂しく終えた。客の中田新八とおしんもいなくなり、なんとも言いようのない正月となった。

「母上、父上はお戻りではなさそうですね」

「池端様の様子から見て、なにやら深刻な騒ぎが出来したと思えます。あまり考えても致し方ありますまい。母は気持ちが落ち着いてから『鼠草紙』の絵に取り掛かります」

おりょうが一座の者たちに告げた。

駿太郎は父が当分留守にしそうだと母は考えたのだな、と思った。

「おりょう様、私にも手伝わせて下さい」

「お鈴さん、頼りにしております」

とおりょうが願い、駿太郎は、

「久慈屋さんでは明日から商い始めですね。とはいえ未だ研ぎ場を設けるのは遠慮したほうが宜しいでしょうね」

「三が日は望外川荘におりなされ」

「はい、ならば稽古をしながら父上の帰りを待ちます。ああ、そうだ、お鈴さんが御礼登城を見たいといわれていましたね、三が日のうち、どこかで小舟を出していいですか」

駿太郎が答えたとき、庭からクロスケとシロの吠え声がした。

「ああ、父上のお帰りだ」

と立ち上がった駿太郎は裏口から出ていった。

残ったお鈴とお梅はおりょうが立ち上がらないことに気付き、視線を向けた。

「おそらくわが夫《せ》ではございますまい」

「なぜそう思われますので」

とお鈴が尋ね、

「クロスケとシロの吠え方が違います」

とおりょうが言った。

果たして駿太郎に従ってきたのは、豊後森藩の創玄一郎太と田淵代五郎の二人だった。

「一日二度も芝の藩邸と須崎村の望外川荘を往来なされましたか」

とおりょうが二人を迎え、

「お二方、そのお顔では夕餉を食されていませんね」

と尋ねた。すると二人がばつの悪そうな顔をし、

「おりょう様、われらの腹具合などご案じ下さいますな。元日早々から赤目様をお連れ致しましたのはわれらです」

と一郎太が申し訳なさそうに言い訳した。

「お梅、お鈴さん、二人の膳をつくって下され。正月ゆえ御節振舞が残っております。それに温かいお椀があれば宜しゅうございましょう」

と二人の娘に命じた。

「畏れいります」

代五郎が恐縮した。だが、ほっと安堵した顔付きでもあった。おそらく朝から食事もとらずに駆け回っていたのだろう。

「一郎太さん、代五郎さん、父上はどうされております」

「われらは池端の命で藩の船を使い、こちらに参りました。池端の言付けは『おりょう様に伝えてほしい、赤目小籐次様のお体を数日お借り致したい』というものです」

「そのようなことは朝の間から推測されたことです」

とおりょうが言い、

「殿様の御用をわが亭主どのが勤めておるのですね」

「は、はい。ただし殿の御用がなんなのか、われらもなんのことやら推量もつきません。年の瀬より殿が床に伏せっておられると噂に漏れ聞いております」

と一郎太が言い、

「殿の病間に入られたのは赤目様お一人で、江戸家老も赤目様が立ち会いを拒まれましたそうな。ゆえに殿の御用がなんなのか、承知なのは赤目様お一人だけです」

と代五郎が言い足した。

「わが亭主どのは未だ藩邸におられますか」

「いえ、殿と面会なされたあと、赤目様お一人で外出なされ、その折、夕刻までには藩邸に戻ってくると言い残されたそうです。われらが池端に命じられて藩邸を出た折も未だお戻りではございませんでした」

代五郎がおりょうの問いに応じたとき、二人の膳が出てきた。

「おりょう様、お二人に酒《ささ》をお出ししますか、正月にございます」

とお鈴が尋ねた。

「おお、迂闊にも忘れておりました」

とおりょうが命じようとすると、

「酒を飲める気分ではございません。どうかご放念ください」

と一郎太が断った。

「一郎太さん、代五郎さん、遠慮することはありません。父上があれこれと出向かれるのは天命だそうです。母上もとくと分かっておられます」

駿太郎が言い、酒の仕度がなった。

「そうだ、お鈴さんには未だお二人をちゃんと紹介していませんでしたね。父の旧藩豊後森藩の家臣の創玄一郎太さんと田淵代五郎さんです。父の門弟でもありますから身内のようなお方です」

駿太郎がお鈴に二人を紹介し、お鈴が何者かの説明を加えた。

「おお、篠山藩の関わりのお方でしたか」

「私は城下の旅籠の娘です、ただ今はお城で行儀見習奉公をしています。あちらにおりょう様方が滞在中に世話方を務め、赤目様ご一家とお別れするのが寂しくていっしょに江戸まで出向いてきました」

お鈴も二人に事情を告げた。

「われらが師匠とおりょう様のご夫婦といっしょに過ごした者の気持ちは、われらにもよう分かります。以後昵懇《じっこん》のお付き合いのほどを」

と一郎太が一礼し、こちらこそと応じたお鈴が二人の盃に酒を注いだ。

一郎太と代五郎はよほど空腹であったか、酒もそこそこに御節振舞の料理を菜に三杯めしを食し終えて満足げな顔になった。

「一郎太さん、代五郎さん、この刻限です。泊まっていかれますよね」

「池端より赤目様のお留守の望外川荘の警護を務めよと命じられております。われら二人初登城の数には入れてもらえません」

「明日の稽古相手が出来ました」

「明日はわが藩の御礼登城ゆえ明日じゅうには戻ります」

「ならばそれまで稽古の相手を願います」

急に二人が増えて囲炉裏端がまた賑やかになった。

「驚かれたのではございませんか。正月早々に望外川荘の主をお連れして」

代五郎がお鈴に尋ねた。

「旧藩との関わりが未だあることを知りませんでした。でも篠山でも赤目様と駿太郎さん親子には十分驚かされましたから、もはやなにが起こっても大丈夫です」

とお鈴が言い、

「篠山城下はどのようなところでございましょうね」

と一郎太がお鈴に聞いた。

「江戸とは比べようもないほど寂しいところです」

「お鈴さん、そう申されますが譜代大名にして老中青山様のご城下です。わが森藩は陣屋しかございません。江戸の暮らしを知った者は、国許に戻るのが嫌だとだれもが口をそろえていいます。それほどのところです」

と代五郎が応じ、

「まさか参勤下番《かばん》の折、殿様は父上を国許にお連れしようと考えられたのではございませんよね」

と駿太郎が言い出した。

「殿が赤目様の復帰をお考えということですか、それはございますまい」

と一郎太が応じ、

「わが君はもはや武家奉公にはお戻りになる心算《つもり》はございません。それに第一、奉公よりは隠居するほうが似合いの齢ですよ」

とおりょうが駿太郎の思い付きを一蹴した。

「そうですよね、研ぎ仕事が父上は似合っておいでです」

駿太郎はなんとなくそう答えながらも、森藩の殿様の御用とはなんだろうかと考えた。

小籐次は初めて豊後森藩江戸藩邸の御長屋に泊まることになった。

久留島家に代々奉公していたとはいえ下屋敷の厩番だ。その折、用事で上屋敷を訪ねたことはあったが、用件を済ますと早々に引き上げて一夜を過ごすことなどなかった。

元札之辻の藩邸に戻ると、池端恭之助が小籐次を待っていて、

「奥座敷に寝所を用意してございます」

と言った。

「奥座敷の寝床じゃと、だれのためだ」

「むろん赤目様のお泊まりになる座敷です。夕餉もそちらに膳を運ばせます」

「元厩番に冗談をいうでない、わしは研ぎ屋の爺じゃぞ。御長屋に空きはないか。夜具さえあればそれでよい」

と小籐次は断った。

「奥座敷はお嫌ですか。夕餉はどうなされますな」

「御長屋に膳を運ばせるのも面倒じゃ。わしが台所に行き、板の間の片隅で頂戴しよう」

「それでよろしいので」

「奥などで食せるものか。食った気がせぬわ」

「殿の命にございますぞ」

「奥で寝よというのならば、わしは新兵衛長屋に戻る」

「森藩では天下の赤目小籐次様を御長屋に泊まらせたと世間に知れたとき、殿の

立場が悪くなります」

「だれからさようなことが漏れるというのだ。わしは気楽な御長屋泊まりがよいのだ。殿にお気遣いなきように申し上げてくれ」

と応じた小籐次はふと気付き尋ねた。

「おお、そなたはふだんどちらに寝泊まりしておる」

「奥近くの近習頭らが住まいする士分のための二階長屋でございます。ならばわが住まいにお泊まりになりますか」

「上士が住まいする二階長屋も面倒じゃな。わしは出入りが気ままな下士や中間《ちゅうげん》小者が住む長屋がよい」

小籐次は江戸藩邸の奥に泊まることを強く拒んだ。

うーむ、と唸った池端が長いこと考えた末に、

「ならばそれがしの一存で決めさせて頂きます。わが住まいにお泊まりになったことにして、御長屋に宿泊所を仕度させます。おお、そうじゃ、創玄一郎太らを望外川荘の警護にやりましたで、創玄と田淵の御長屋が空いております、そこでようございますか」

「おお、望外川荘を気遣ってくれたか。ならば創玄一郎太らの御長屋を拝借しよ

う。飯は台所じゃぞ」

「ならばそれがしも赤目様に付き合い、台所で元日の夕餉を食します。なんぞご注文はございますか。むろん酒は用意させます」

「酒か、正月ゆえ少しばかり頂戴しよう。そうじゃ、池端どの、もう一人会いたい仁がおる。その者を台所に呼んでくれぬか」

「ほう、何者です」

「初登城に際しての鑓持ちはだれじゃな」

下屋敷に生まれ育ち、父親の奉公を継いだ小籐次だが、参勤交代の折に馬を上屋敷に差し向けるくらいで行列とは関わりがない。ゆえにだれが鑓持ちか小籐次は知らなかった。

「おお、それは代々中間頭の家系にて下士の水邨勢造《みずむらせいぞう》が飾り鑓を担当しております」

「その者、森藩の奉公人としてどのような人物か」

「それがしが知るところ、中間小者の頭分として才に秀でており、忠義心厚き人物にございます」

と池端が言い切った。

「その者と話がしたい」

池端はなぜ小籐次が鑓持ちと会いたいのか理解がつかなかったが、

「相分かりました」

と即答し、しばし考えた後、

「台所近くに一部屋をとり、赤目様とそれがし、水邨の三人で夕餉を食しながら話し合うというのはどうですか」

「そうじゃな、大勢の前で話もできまい」

と小籐次が了解した。

小籐次が創玄一郎太の御長屋の一室に案内されて待っていると、

「赤目様はおられますか」

と呼びにきた者がいた。

「おお、こちらに邪魔をしておる」

と応ずると戸が開かれ、がっちりとした体付きの壮年の中間が立っていた。

「鑓持ちの水邨にございます」

「おお、そなたが当家の鑓持ちか」

「はい」

と応じた水邨が緊張していた。

「夕餉をいっしょにせよと近習頭の池端様から命じられましたが、お相手は天下の赤目小籐次様でございましたか」

水邨勢造はどう考えてよいか分からぬという顔で小籐次を見ていた。

「ちとそなたの知恵と助けを借りたいのだ。ゆえに夕餉でも食しながらと思うたが、もはや食したか」

「正月でございます。中間小者は一堂に会して正月の夕餉を食します。箸をとったところに池端様からお呼び出しがございました」

と水邨が言った。

「それはよかった。池端どののおる部屋に案内願おうか」

小籐次はその場に池端を同席させるかどうか迷った。これまで藩主の久留島通嘉の悩みを承知なのは小籐次だけだ。できることならばこの事実を知る者が少ないほうがよいと小籐次は考えたが、水邨勢造に手助けを願う以上、事情は話しておいたほうが都合がよいと判断した。

またこの秘密を守り抜くためにも池端恭之助の協力は要った。なにより通嘉が重臣や近習の中でいちばん信頼しているのは池端であることを小籐次も承知していた。そこで池端も同席させることにした。

元日の宵、森藩江戸藩邸でも晴れがましい御節振舞の料理と酒に浮き立ち、賑やかな声が三人の向き合う座敷にも伝わってきた。

池端がまず小籐次に銚子を差し出した。

「話のあとにと思うたが、正月ゆえ三人で一献致そうか」

と小籐次が応じ、池端が小籐次と水邨の盃を満たし、自分の酒杯に注いだところで、

「新年がよき年であることを祈ろうか」

と小籐次が御慶《ぎょけい》の言葉を述べて盃の酒を飲み干し、空の酒杯を膳の傍らに置いた。二人も倣った。

「池端どの、水邨どの、事と次第ではそなたらの死の床までこの一件持っていかねばなるまい。その約定が出来るかな」

小籐次が質した。

「赤目様、当然のことながら殿のお悩み事に関わる件でございますな」

池端が質し、小籐次が頷いた。

「それがし、承知致しました」

と池端が答え、水邨勢造も「殿のお悩み事」の意が分からないままに無言で頷いた。

「殿から承った話をそなたらに伝える」

と前置きした小籐次はこれまでの経緯を詳細に告げた。

二人は小籐次の話が終わっても沈黙したまま、ただ今告げられた話の内容がどのような意味を持つのか考えている表情であった。そして、口を開いたのは池端だった。

「赤目様、その書状、どなたからとは知れませんので」

「池端どの、そなた、わしが関わった『御鑓拝借』騒ぎの四家とつながりがあるやなしやと聞いておるならば、すでに赤穂藩の古田どのに面会し、質した。むろん他の三家に一々質すことはしておらぬ。じゃが、古田どのの、もはや『御鑓拝借』騒ぎは四家ともに忘れたい一件、今さらどこの藩が蒸し返しましょう、という言葉を信じてよかろうと思う」

「では、わが殿に恨みを抱く者の仕業にございますか」

「池端どの、考えてもみよ。殿のお人柄や言動が城中で他藩の藩主を傷つけることがあると思われるか」

「ございますまいな」

と池端が言い切り、しばし間を置いた。

「となると、豊後森藩久留島家が他藩に羨望を持たれるとしたら、わが眼前に居られる赤目小籐次様のことしか考えつきません」

「それがしが四家の御鑓先を切り落として一時拝借した騒ぎは昔のこと、最前言うたように古田どのは忘れたい一件というで、この際、四家の報復は考えぬでもよかろう。別の人物が、殿を悩ましめる文を密かに城中にて弁当に押込み、殿がこの赤目小籐次に告げることを承知で、なんぞ画策しようとしていることはあり得るかもしれぬ」

「それしか考えられませぬ」

と池端が言い切った。

二人の話を聞いていた水邨勢造が、

「赤目様、私の役目はなんでございますな」

と質した。

二

元日の夜、赤目小籐次と水邨勢造の二人の姿は下屋敷にあった。

小籐次が三人だけの集いの席上、水邨に願ったのは飾り鑓の持ち方、動きを知ることだった。

「赤目様は四家の参勤行列の飾り鑓を切り落とし、世間を震撼させたお方です。鑓持ちの動きをご存じございませんか」

水邨は小籐次の知りたいことを聞いてこう尋ねた。

「わしが行なったのは相手方の不意を衝いて鑓先を切り落とすことじゃぞ、こたびは反対に切られて奪われる側、守るほうじゃ。御礼登城の折、水邨どののがどのように動くか知っておれば、わしの役目も分かろうでな」

と小籐次が答えると、水邨が分かりましたと小籐次の意図を察し、

「飾り鑓は大名家それぞれで違います。明日、ご覧になって下さい」

「それでは遅いのだ。今夜一夜しか時がない」

「なぜでございますな」

「水邨どの、森藩の御礼登城は明日であろう」

小籐次の言葉に水邨がはっ、として息を飲んだ。明日の御礼登城になにかが起こると小籐次は言外に告げていた。

「この上屋敷でそなたに見せてもらうのは差し障りがあろう。われら三人以外に、なぜにかようなことに元当家の厩番のわしが関心を持つか知られたくないのだ」

「わが藩の飾り鎗は総長十三尺五寸ほどございます。部屋や蔵の中では振り回せませぬ」

水邨は飾り鎗の扱いは表でないとできないと言った。

小籐次は代々中間頭という水邨の飾り鎗の「技」を見たことはない。行列の旗印といえる飾り鎗の稽古はそれなりの広さの敷地が要ると思った。

「そこで考えたのじゃが、わしと水邨どのはこれから飾り鎗を持ち出し、下屋敷に参らぬか。あそこなれば上屋敷の二倍以上の敷地がある、そのうえ八千八百六十余坪に、殿のお出でがないふだんは用人どの以下男女合わせて十数人しかおらず内職仕事に打ち込んでおる、盆も正月もなしじゃ。下屋敷の敷地の奥には雑木林があってな、豊後国より三島宮を勧請した小さな社がある。わしは亡父より剣術の稽古やら馬の扱いをあの明地で習ったのだ。あそこなればだれにも知られず、知られたとしても下屋敷の面々には口止めできる」

と小籐次が考えを述べ、水邨に視線を向けた。

「そなた、馬を乗りこなせるか」

「赤目様、鑓持ちが馬に乗れるものですか」

と応じた水邨から池端に視線を転じた小籐次が、

「池端どの、馬を一頭急ぎ用意してもらおう」

「なんと元日の宵に馬にて下屋敷に走られますか」

「時がないで致し方あるまい」

と小籐次が答えてことが動き始めた。

正月元日の宵闇、一頭の馬に小籐次が手綱を曳いて乗り、その背後に鑓持ちの水邨が相乗りして、二人は小脇に二本の鑓を搔い込んで、上屋敷から下屋敷に一気に走り出した。生まれついての厩番でなければできぬ芸当であった。

池端は一頭の馬に二人が跨り、本物の飾り鑓の十文字鑓と稽古鑓を小脇に抱えて下屋敷に走り出したのを茫然と見送った。

水邨は本物の飾り鑓と稽古鑓を上屋敷から持ち出していた。

本物の飾り鑓の十文字鑓には黒漆叩き塗りの革鞘がかぶせてあった。

これを行列の一角で振り翳《かざ》すのだ、飾り鑓を見る人々は下から鑓鞘を見上げることになる。ゆえにどこの大名家も大身旗本も飾り鑓の鞘は下から見上げて見場がよいように趣向が凝らしてある。瓢簞《ひようたん》型、色鮮やかな羅紗《らしや》を張ったもの、家紋を鞘の形にしたもの、黄金色の鞘などどこもが工夫する。森藩の飾り鑓の鞘は十文字鑓を納めるように漆塗りの革製だ。

二人が森藩の下屋敷の厩に近い裏門に到着したのは元日の四つ（午後十時）前のことだ。小籐次にとって勝手知ったる下屋敷の裏庭だ。二人は馬をつなぎ、上屋敷から持ち出した提灯の灯りを頼りに水邨が小籐次に言った。

「赤目様、持ってご覧ください」

と渡された本物の飾り鑓は身の丈五尺一寸の小籐次には重く、なんとも長いものであった。

「重いな、ようもかような鑓で戦うたものだな」

「赤目様、戦国時代の実戦槍とただ今の御行列のための飾り鑓とは別物にございます」

戦国時代から江戸時代の初期、槍持ちは士分の槍を抱える下士の役目だ。戦闘になった際、鞍上の主に渡せば役目がすむ。だが、幕府開闢《かいびやく》から二百余年が過ぎ、槍持ちの役目は変わった。戦闘用の実戦槍から、参勤交代、御礼登城の際に美々しく誂《あつら》え押し立てる、行列の威風の象徴としての飾り鑓となった、と水邨が説明してくれた。

「なるほどなるほど」

小籐次は得心した。

小籐次が四家の穂先を切り落としたのはそんな飾り鑓だったのだ。昔の行動を思い出して小籐次は、いささか己の蛮行を恥じ、四家に改めて同情した。だが、そのツケがただ今この身に降りかかっていた。

提灯を点《とも》した水邨勢造が三島宮に拝礼し、鑓鞘をはめた飾り鑓を手にして明地の端に立ち、呼吸を整えた。

ふっ

と整えた息を吐いた水邨の表情が険しい顔へと変わっていた。

ひょい、と飾り鑓を立てた。

あの重さの飾り鑓が見事に立ち、ぴたりと決まった。すい、と右足が外へと出て前へ進み始めた。だが、立てられた飾り鑓がぶれることはなかった。

見事かな、と小籐次は思った。

小籐次がこれまで豊後森藩の行列をとくと見たのは『御鑓拝借』を決意して、箱根の山中に向かう行列を陰ながら遠くから見送った折だけだ。きっとあの行列に水邨勢造がいたのであろう。だが、久留島通嘉と、

「主従の別れ」

を決意した小籐次は正座し、涙をためた視線で見送ったために行列がどのように進んでいったか、子細に見ていなかった。

ただ今水邨勢造は独りだけの行列を再現していた。

右足の次に左足が斜め前へと律動と間をもって出され、静々と進んでいく。

小籐次は水邨の飾り鑓の鑓持ちの力量を理解した。

不意に大きな体の水邨は、両の手で支えていた十三尺五寸余の飾り鑓を片手に捧げて、ひょい、と虚空に放り投げ、反対の手で摑んだ。が、体の動きは崩れることはなかった。

鑓持ちの水邨は明地の端から端へと進んで止まった。

「行列の進行中、飾り鑓を片手で扱うのは、他藩の城下を通過する折や国許へ戻ったときだけです。御礼登城でかような芸は致しませぬ。なにしろ外様大名は数多おられますからな、粛々と進んで、われらは千代田の城の門前で殿が下城して

くるのをお待ちするだけです」

　と水邨が小籐次に告げた。

「何者とも知れぬ相手が当家の飾り鑓を切り落とすのは人混みの中とみた、なぜなら森藩か、わしに遺恨をもってのことゆえな。大手御門前広場のように警護の者がいるところではのうて町屋であろう、御礼登城の見物人が多い辺り」

「となると、それこそ赤目様が研ぎ場を拵えておられる芝口橋から日本橋に向かう表通り界隈《かいわい》にございませぬか」

　と水邨がいい、小籐次が首肯《しゅこう》した。

「赤目様、稽古鑓をお持ち下さい」

　と小籐次に願った。

「わしにそなたの動きを真似よ、と申すか」

「鑓持ちの動きを知るには自ら経験してみることがてっとり早うございましょうでな、まず稽古でございます、お腰の刀は外して下さい」

　水邨の命に従い、次直を外すと拝殿前に置いた。稽古鑓を手にしてみると、本物の飾り鑓の重さはない。だが、それでも十三尺五寸の鑓を立てて保持するのはなかなかの力と技が要った。

小籐次が代々鑓持ちを継承してきた水邨の真似をしても行列に従い、歩くことすら適うまい。ならば、来島水軍流の脇剣七手の竿遣いの技を利用してみるかと、思い付いた。

「ちと時をくれぬか」

と断った小籐次は、父から殴られ叩かれて伝授された脇剣七手の構えで、稽古鑓を小柄な体と手に記憶させた。

ちなみに来島水軍は船戦《ふないくさ》に船道具の竿をも武器として使った。竿は竹で四間の長さのものもあった。この竹竿で、竿突き、竿刺し、飛び片手、水車、水中串刺し、継竿、そして、竿飛ばしの七手があった。この来島水軍流の脇剣七手なれば小籐次の五体に刻み込まれていた。

水邨は黙ってその動きを見ていた。

「よし、なんとのう、体に重さが馴染んだわ。どうすればよいな」

水邨は小籐次の脇剣七手についてなんの感想も述べなかった。

「わしの傍らに立って下され。わが森藩は小名ゆえ飾り鑓も一本でございますがな、大藩の家中の行列の飾り鑓はほとんどが一対でございます。赤目様はわしの傍らに同じように構えて下され」

と命じられたとおりに小籐次は立ち、

「御鑓は藩邸の門を出れば立てて保持します」

水邨がひょいと立てた。

小籐次も来島水軍流の竿刺しのコツで立ててみた。

「ほうほう、さすがは赤目小籐次様、稽古鑓を初めて手にした者が立てられるなどまずございませんぞ」

水邨が褒めてくれた。

「最前見たな、わが来島水軍流は流儀の名のごとく元々伊予の海で鳴らした水軍よ。ゆえに船上で竿を使って戦をなす。わしは父からこの技を叩き込まれた。じゃが竹竿ゆえ長さはあっても重さは飾り鑓には敵わぬわ」

「赤目様、いかにも鑓や鉾《ほこ》など得物は重さがございます。それを使いこなすのは力ではございますまい、会得した技です。赤目様は来島水軍流の技を使えば、飾り鑓の動きなどなんの造作もございませんぞ」

提灯の光のもと、二人は下屋敷の三島宮前の明地で飾り鑓の動きを稽古した。

水邨勢造は、小籐次の動きを見て何事か考えたようで、惜しみなく飾り鑓の技を小籐次に伝えてくれた。

そんな最中、下屋敷の士分の一人、といっても軽輩の軽部《かるべ》助太郎《すけたろう》がちらりと二人の飾り鎗の稽古を見ていたことを小籐次は承知していた。馬のいななきに異変を覚えてのことか。

未明八つ半(午前三時)の刻限、稽古が終わりに近づいたころ、用人の高堂伍平《たかどうごへい》といっしょに姿を見せて、

「おい、赤目小籐次、鎗持ちで当家に戻る決意をなしたか」

と大声で質した。

「おや、これは用人どの、新年明けましておめでとうござる。今年もよしなにお付き合いを願い奉る」

「なにが願い奉るじゃ。その方ら下屋敷でなにをしておる」

「ご覧のとおり行列の鎗持ち水邨勢造どのから飾り鎗の持ち方なんぞを習うております。用人どの、何事も見るは容易《やす》し、行うは難しでございましてな、苦労をしておるところです」

「わしはさようなことを聞いておらぬ。この下屋敷に用人のわしの断りもなく入り込みおって、飾り鎗の稽古じゃと、と問うておる。藩に戻るならばよし、不埒な思い付きでは許さぬぞ」

と喚《わめ》いた。

「用人どの、そう申されるな。ちと曰くがございましてな」

「ゆえにその曰くを聞いておる」

「ところが曰くが口に出来ませんので」

「またわしを誑《たぶら》かすつもりか」

「おや、それがし、用人どのを誑かしたことがございましたかな」

「藩を大騒ぎに巻き込んだ『御鑓拝借』以来、わしはそのほうの行いで幾たび肝を冷やしたことか」

「となればもう一度肝を冷やされても大事はございませんな」

「なにをぬけぬけと申しおるか。このこと江戸藩邸は承知か、それともそのほうの独断か。事と次第によっては高堂伍平、赤目小籐次のそっ首を斬り落としてくれん」

と腰に手を持っていった。だが、腰には脇差さえなかった。

「それがしの備中次直がございます。お使い下され」

小籐次が小さな社の階《きざはし》に置いた備中次直を差した。

「お、おのれが」

二人のやり取りに慣れた軽部はにやにや笑い、かような場面に初めて接する水邨は困惑の顔で二人を交互に見ていた。そして、どうやらかような会話は始終のことかと気付いた。

「そ、そのほう」

と高堂用人がこんどは水邨を見た。

「私めにございますか、用人高堂伍平様」

水邨は下屋敷の用人の顔と名を承知のようで問い返した。

「この明地には酔いどれ爺とそのほうしかおるまい。この場のことを藩邸は承知であろうな」

「とくと承知は近習頭の池端恭之助様お一人にございます」

「なに、近習頭が承知のことか」

高堂の応答に水邨が頷き、

「さらに詳しく知りたければ殿にお聞き下され、用人どの」

と小籐次が言い足した。

「な、なに、殿も承知のことじゃと。ならばそなたらの行動は藩命か」

「高堂用人、それがしはもはや森藩の奉公人ではありませんで、藩命に従う立場にございませんな」

「ならばここでなにをしておる」

「最前も申し上げたとおり水邨どのから鑓持ちを習うておりますので。いやはや何事も一朝一夕にはなりませぬな、公儀も一日にしてはならず、二百有余年かかってただ今のこの仕儀、下屋敷では相変わらず内職三昧の日々でございますか」

「おお、正月二日になればわれら、竹で孫の手を造るのは承知であろう。一本造って四、五文の手間賃じゃぞ。そのほう、聞くところによれば去年の春はだれぞの供でお伊勢参りに行き、秋口には老中青山様の国許に一家で旅したと噂が流れておるが、あれは虚言じゃな、読売が大仰に書き立てた作り事であろう」

小籐次の言葉に思わず乗せられた高堂が小籐次の近況に触れた。三吉の親父の一件で伊勢参りについて高堂用人に報告していたが、信じてはいないらしい。

「ご用人、赤目小籐次にかぎり読売は真のことでございますぞ。なんとわれらと一緒に内職をしていた赤目は、今や天下の酔いどれ小籐次にして公方様にも御目見の身分とか、えらい出世でございますな」

軽部が口を挟んだ。

「軽部、ばかを申すな。わが殿ですら、正月二日の御礼登城はその他大勢の立礼《りつれい》に列《つら》なる口じゃぞ。研ぎ屋爺が上様と御対面などあろうはずもないわ」

と高堂は吐き捨てた。

そのとき、小籐次と水邨勢造は、最後の稽古を始めていた。

「赤目様、稽古鑓とほんものの飾り鑓を虚空に飛ばして取り換えますぞ」

「おう」

と答えた小籐次が、

「さような技まで要るかのう」

「赤目様、この鑓持ちに関しましては、わしが師匠でございます、師のいうことは聞くものでございますぞ」

「いかにもいかにも」

と素直に頷き、小籐次は明地の端に鑓を垂直に翳して立った。

「豊後森藩御礼登城行列、出立にござる」

水邨も途中から小籐次に教えることが面白くなったらしく、道中奉行の口真似をした。

「ははあ」

と返答をした小籐次と水邨が右足を揃って外側に踏み出し、さらには左足を反対側に踏み出しながら静々と進行していった。

その様子を高堂用人と軽部が言葉もなく見ていた。そして、もう一人、見物人が加わった。

老中青山下野守忠裕の密偵のおしんだ。彼女にとって森藩の下屋敷に入り込むなど造作もないことだった。

稽古鑓と飾り鑓を片手にした二人が明地の真ん中に進み、

「はっ」

という水邨の気合いとともに二本の十三尺五寸の鑓が虚空に高く飛んで交差し、その間に一歩前へ進んだ小籐次の手に本物の飾り鑓が渡り、水邨勢造は稽古鑓を易々と摑みとっていた。

「お見事！」

とおしんが声をかけ、
うむ
と高堂用人が、

(この女何者か)

という顔でおしんを見た。

「赤目様、わしが教える飾り鎚の芸はこの程度でございますよ。なんぞ役に立ちますかな」

「師匠、役に立たせてみせる。そうせねば正月三が日の夜中に貴重なときを費やさせた師匠に申し訳ないでな」

と小籐次が答えて、正月二日の御礼登城を前にしたにわか稽古は終わった。

「赤目様、そろそろ刻限ですよ」

とおしんが上屋敷に戻るときが迫っていることを小籐次に告げた。

「高堂用人どの、下屋敷を無断にも拝借させて頂き有難うございましたな」

と小籐次が礼を述べた。

「おい、そのほう、こたびはなにを企んでおる」

高堂が改めて問い質した。

「それが未だ分かりませんので。もしやして、おしんさんが教えてくれるやもしれませんな」

「おしんとはだれだ、あの女か」

「用人どのは初めてでしたかな」

「何者か」

「答えてもようござるが、用人どのは信じられますすまい」

「信じるか信じぬか、いうてみよ」

「老中青山下野守忠裕様の近臣のお一人です」

「なにを戯《ふざ》けたことを申しおるか、女ではないか」

と一蹴した高堂が、

「赤目、下屋敷の借用料は持参しておろうな」

と小声でいうところにおしんが近付いてきて、

「ご用人様、台所に角樽《つのだる》が届いておりましたよ」

と囁き、思わず高堂がにんまりとした。

三

馬を下屋敷に預けた小籐次と水邨勢造におしんの三人は、下屋敷から元札之辻の森藩江戸藩邸に戻った。

中間頭の水邨勢造は小籐次と知り合って半日も経たぬのに、その人物の大きさに感嘆していた。高堂用人は突然現れたおしんなる女子《おなご》を老中の「近臣の一人」

などとは全く信じていなかった。一方、水邨は小籐次が口にする以上、真実だと考えていた。その道中、小籐次は、

「師匠、御礼登城はどこの門から入るな」

と尋ねた。

小籐次が師匠と呼んだのは飾り鑓の持ち方やら動きを教えてくれたからだ。一日でも教われば師だと、小籐次は考えていた。

「本日、わが藩は桔梗堀と大手堀の間の大手御門から入ります。その先は限られた供が殿に従いますゆえ、鑓持ちのような軽輩の私どもが行けるのは大手御門前までですてな、数多の外様大名や御目見を許された直参旗本の供といっしょでございます。ために広場はごちゃごちゃしておりますな」

と説明してくれた。

「飾り鑓は大手御門の広場で殿のお戻りを待つのじゃな」

「そういうことです。大手御門を潜《くぐ》ったところからお城でございますな、殿に従った重臣方も下乗所《げじょうしょ》で待たされるそうな」

と水邨が言い足した。

しばし間を置いた小籐次が、

「わしがそなたの傍らに従うことは叶うまいな」

と尋ねてみた。こちらも思案のために間を置いた水邨が、

「ずっとそのことを考えてきました。藩邸に戻り、いささか工夫をしてみます。ただし赤目小籐次様の素顔と形では行列には従えますまいな」

と言い切った。

「わしの顔や形などどうでもよいことじゃ、どのような形でも致そう。わしの役目はそなたの飾り鑓を守ることだ」

「分かりました」

と水邨が返答をして、

「本日が楽しみになりました」

と言った。

後ろから従ってくるおしんは二人の話を黙って聞いていた。

江戸藩邸に戻り着いたとき、小籐次は、

「師匠、わしはちょっとの間おしんさんと話がある」

「ならば藩邸の中間部屋でお話しされませぬか」

「師匠にはいうておこう。下屋敷でおしんさんの身分を老中青山様の関わりとい

うたな。あれは真のことだ」

水邨がおしんを振り返り、おしんがにっこりと笑った。

「赤目様のお仲間は多彩ですな」

小籐次に視線を戻した水邨が、勘が当たったなという顔で呟いた。

「老中の関わりの者を森藩の藩邸内に入れると後々厄介が生じるかもしれぬ。おしんさんとわしは、藩邸の外で四半刻（三十分）ほど時を潰して、わしだけが藩邸に戻る。本日の初登城が早いことは承知だ」

「へえ、わしも赤目様の形を考えておきます」

と水邨が半日小籐次に付き合い、小籐次の人柄を飲み込んだようでそう答えた。

「頼もう」

小籐次とおしんの二人と藩邸裏門近くで別れると、水邨は飾り鑓と稽古鑓を担いで藩邸に消えた。

二人は元札之辻の高札場《こうさつば》の裏手に暖簾《のれん》を下げていた煮売り酒屋に入った。

おしんは密偵という仕事柄、どのような場所でも溶け込む術を承知していたから女客などいない煮売り酒屋に驚きもしない。

芝の海からの潮風が吹き付ける店は、夜中の漁を終えた漁師やその界隈の武家屋敷の中間小者ら男ばかりが集って飲み食いするような店だった。

小僧が、

「ご新規さん、二人」

と奥へ声を張り上げ、おしんをちらちらと伺いながら小上がりの隅に案内した。

正月二日だというのに店はそれなりに混雑していた。

「小僧さん、酒を貰おうか。菜は任せる」

「本日の菜は鰯の焼き物、豆腐の煮つけです」

「それでよい、長居はせぬでな」

と注文を終えた小籐次は、

「おしんさん、正月早々動いてくれたか。相済まぬな」

「それより赤目様、鑓持ちの真似などなされてどうされました」

と問い返された。

「それだ、因果応報というのかのう。わしが昔演じた他藩の御鑓先拝借が森藩に降りかかって参った」

と前置きした小籐次は、旧主久留島通嘉が陥った一件を手短かに告げた。

「なんとさような難儀が森藩に降りかかりましたか」

最前水邨勢造と話していた内容を得心した体《てい》のおしんが言った。

「殿は城中でだれからともなく届けられた脅し文に心当たりはないという。わしも殿の人柄を考えると、殿自らが恨みを抱かれるようなことはあるまいと思うのだ」

「となると森藩のだれか、いえ、これは赤目様の名を貶《おとし》めんとする脅しと考えられませぬか」

おしんも小籐次にそう指摘した。

「殿のうわ言を医師が聞き、側近の池端に『これは医者より赤目小籐次が役に立つかもしれん』と告げたのだ。そこで池端どのの一存でわしを元日早々に藩邸に呼び寄せたというわけだ」

小籐次の言葉におしんが頷いて思案した。

「相手の判断がつかぬゆえ曖昧模糊《もこ》としておるが、わしの旧悪の仕返しをなして殿様が体面を失うのもどうかと思うてのう。中間頭にして鐺持ちの水邨勢造どのからあのような飾り鐺の使い方を習ったのだ」

「さようでしたか」

と返答したおしんに、

「ようわしが下屋敷におると推量したな」

と尋ねてみた。

「元札之辻の藩邸の池端様にお尋ねして、なんとのう下屋敷ではないかと思ったのです」

「わしの動きを知るなど、おしんさんには容易《たやす》いことか」

「長い付き合いですからね」

おしんが笑ったところに折敷《おしき》膳に酒と菜が載せられて運ばれてきた。小僧が、

「お勘定を願います。酒と肴で百二十文です」

と手を差し出した。

「おお、こちらは前払いか」

と小籐次が巾着を出そうとしたところ奥から主らしい髭面《ひげづら》の男が出てきて、

「おや、これは酔いどれ様のご入来《にゅうらい》か。小僧、酒を替えてきな」

と命じた。

「親方、初めての客ですよ。この酒じゃいけませんか」

「上酒に替えな。小僧、おめえ、このお方を知らないか。天下の酔いどれ小籐次様だ。酒にはうるさいぞ」

とにやりと笑った。

「親方、酒なればなんでもよい」

「小僧が持ってきた混ぜ物入りは一見《いちげん》の客に出す代物ですよ、赤目様」

と小声で言った。

「酒に混ぜ物はいかぬな」

小僧が徳利を手に縄暖簾の向こうに姿を消した。

「こちらにはわが旧藩の中間も姿を見せるか」

「森藩かえ、滅多にこねえな。言っちゃわるいが貧乏藩の筆頭だもんな。赤目様はおん出てよかったよ。今や天下の赤目小籐次様だ、あの藩にいちゃ、未だ水入りの酒さえ飲めまい」

親方は一見の客には水で薄めた酒を出すことまで告白した。

「へえ、ご新規さんに新たなお酒ですよ」

と小僧が取り替えてきて、

「で、いくらだな」

と尋ね返すと小僧は主の顔を見た。

「赤目様、払いなんてあとでいい。好きなだけ飲みなせえ」

と小籐次に言って主も小僧も奥へと消えた。

「世間が狭くなってな、かようなざっかけない煮売り酒屋でもこのもくず蟹《がに》の大顔が知られてしもうた」

と小籐次がぼやいた。するとおしんが、

「致し方ございませんよ。赤目様の周りには風雲急を告げる騒ぎばかりですからね。今や江戸じゅうがそのお顔と暮らしぶりを承知ですよ」

と笑った。

おしんが徳利の酒を小籐次に注ぎ、

「まさか御鑓が狙われるとはね、調べ直してみます。森藩の御礼登城は本日でしょう。調べがつくかどうか」

「まあ、成り行きじゃな、わしは鑓持ちの勢造どのの傍らにひっそりと従うしかあるまい」

「最前話を聞いてから考えているのですがね、赤目様がいつも仕事場にしておられるのが芝口橋でございましょう。森藩の御鑓先を狙うとしたら、御礼登城の見物人が多い町屋でございましょうね。それも御礼登城が無事に済んで、ほっとした帰路ですよ」

おしんは芝口橋が森藩の行列の飾り鑓の穂先が奪われる場所だと予想していた。

「わしもそう思うておる」

「ともかく一刻も早くなんとか調べてみます」

おしんは小籐次に付き合い、一杯だけ酒を口にし、

「お先に」

と煮売り酒屋をあとにした。

残った小籐次は独りで酒を飲むのも虚しく、早々にめしを頼んで鰯と豆腐の煮つけで腹を満たした。飾り鑓の稽古はなかなかのもので腹が空いていた。二杯めしを食い、一朱を膳に残すと店を出た。


正月二日の早朝。

望外川荘ではおりょうが行灯《あんどん》を二つ点して、篠山で写してきた墨一色の『鼠草紙』を眺めて、正月明けには本式に色彩を加えることを思案していた。

「母上、父上はお帰りではありませんね」

駿太郎が座敷に入ってきて言った。

「どのような御用か分かりませんが、元日のお呼び出しです。そう簡単には事が

済みますまい。皆はどうしております」

「お鈴さんが父上の旧藩の初登城を一郎太さんや代五郎さんと見物に行きたいそうです。父上は森藩の家臣でもないのにな」

と駿太郎が首を捻った。

「でも、一郎太さんも代五郎さんもそうは思っておられません。一体父上は何者でございましょう」

「赤目小籐次は赤目小籐次です、どなたもが頼りになされますが主はおられません。強いていえばりょうの亭主であり、駿太郎の父御です」

「母上、私も一郎太さんやお鈴さんと一緒に御礼登城を見物に行ってよいですか」

「宜しゅうございますよ」

とおりょうが許しを与え、本日の予定が急に決まった駿太郎は居間から出ていった。

(さて、わが君はどちらでなにをしておられようか)

とおりょうは思案してみた。だが、駿太郎の言葉ではないが、『一体亭主どのは何者でございましょう』と言い換えて己に問うてみたが答えは見付からなかった。

「そう、赤目小籐次ばかりは理解がつかぬ、ただ生涯退屈だけはすることはなさそう」

とおりょうは己に言い聞かせた。

そのとき、赤目小籐次は森藩江戸藩邸の中間部屋で、水邨がどこから連れてきたか、村芝居の役者の経験があるという髪結の小介の前に座らされ、両眼を閉じて、されるがままになっていた。

「おお、口髭をつけ、かつらをつけるとだいぶ人相が変わるな」

「お頭、この面を若づくりしろったって無理だな。それより白い口ひげをつけてもっと年寄りにするのが容易いぜ。人相もそこそこに変わろうじゃないか」

と髪結の小介が言った。

眼の前に座っているのが何者か知らない小介を、にやにやと笑いながら水邨が見た。

「なにかお頭、おかしいか」

「いや、そうでもねえ」

「この年寄り、どこから拾ってきたよ」

「小介、それ以上、口を利かないほうがいいぜ」

「どうしてよ」

「おめえは芝口橋を知らないか」

「芝口橋だって、あの橋を渡れば江戸のまん真ん中だ。いくら村廻りの田舎芝居の役者が長かったとはいえ、承知だぜ」

「ならばよ、芝口橋の北詰めに紙問屋があるのを承知か」

「おうさ、久慈屋だな、あそこの看板は酔いどれ小籐次様だ、おりゃ、酔いどれ様の紙人形に賽銭を上げてきたぜ」

と言った髪結の小介が、

「爺さん、ごそごそ動くんじゃねえ」

と膝をぴしゃりと叩いた。

「うむ」

と言った小籐次は致し方なく、じぃっと我慢をした。

「賽銭を上げたか、御利益はどうだ」

「ご利益だと、ねえな。正月二日によ、貧乏大名の中間部屋で年寄り爺を若づくりしろだって。ケチくさい仕事しか舞い込まねえや」

「ならば、眼の前のお方にご利益をお頼み申せ、小介」

「小汚ねえ爺に願えだと、だれだい、この爺」

「最前から爺、年寄りと連呼してやがるな。このお方が正真正銘の赤目小籐次様だ」

うっ
と息を呑んだ小介が、

「よせやい、お頭。手間賃、払いたくないってんでケチくさい芝居はしなさんな」

その時、中間部屋に近習頭の池端恭之助が姿を見せて、

「なんだ、水邨、赤目様を田舎芝居にお出しする心算か」

と言葉をかけた。

はあっ
と驚きの声を上げた小介が、

「ほ、ほんものの酔いどれ小籐次様か、じょ、冗談じゃねえぜ、おれの命はこれまでか」

とがたがた震え出した。

「小介と申すか、手間をかけるな。今朝は元札之辻の高札場の煮売り酒屋の小僧と、髪結の小介どののと、二人もわしを知らぬ者に出会うた。このところ世間が狭うて息苦しいほどであったがな、わしを知らぬ者に会うのは気持ちがよいものじゃな」

と小籐次が満足げに笑った。

「お頭も人が悪いぜ。赤目様なら赤目様と先にいうがいいじゃないか」

と小介が未だぼやき続け、池端は言葉をなくしたように小籐次を凝視していた。

「池端どの、なんぞおかしいか」

「いえ、赤目様とは思えぬ顔立ちにございます」

「鏡なんぞはなかろうな」

「一応髪結ですから鏡くらい持ってはいますがね、ご覧にならないほうがようございますよ。次の機会があればもう少し形よく仕上げますから最前からの言葉は許して下さい、酔いどれ様」

と小介が言った。

「小介、わしは己の顔をよう承知じゃ、酷いものをどうしたところであれ以上酷くはなるまい。お頭の命に従って形と顔を自在に変えてくれ」

と小籐次は願った。

「怒りませんか、わっしの首を叩き斬るなんていいませんか」

「すべて曰くがあってのことじゃ。叱ったりするものか」

と言った小籐次が池端の顔を見上げた。

「こ、これは、なんとも妙な具合です」

「どこがじゃ」

「声は確かにそれがしが知る赤目小籐次様です。ですが、顔はなんというていいか分かりません」

「どちら様かは存じませぬが、芝居の化粧というものは近くで見るとけばけばしゅうございますがね、離れてみるとこれでぴたりと役柄に合うようにしてありますので」

と小介が言い訳をした。

「水邨勢造、赤目様になにをさせる気だ」

「それは池端様、赤目様にお聞き下され」

水邨が小籐次に下駄を預けた。

「池端どの、まずは本日を乗り切る算段だ。ただ今はなにも聞くでない」

と小籐次が答えた。

「本日と申されますが、本日なにもなければ、人日《じんじつ》の七日は総登城がございます。もしやしてこちらではないかと最前気付きました」

「二日より七日じゃと。いつまでも研ぎ仕事が出来ぬとわが家の生計《たつき》がなり立たぬぞ」

と小籐次が本音を洩らし、

「うむ、このお方、本物の赤目小籐次様かもしれぬ」

と髪結の小介が呟いた。

四

正月二日早朝、豊後森藩江戸藩邸は御礼登城の行列の仕度を整え終えた。

七つ半（午前五時）過ぎには表門が開かれ、元札之辻を横目に赤羽橋へと進み始めた。最初のうちは森藩の行列だけが未だ薄暗い中、静々と進んでいった。

そんな中に飾り鑓を担いだ鑓持ちの水邨勢造が、初登城の折に着る仕度で行列に加わっていた。だが、この日はいつもと違った。一本飾り鎗の森藩だが、今朝に限り二本鎗であった。二本目の飾り鎗風に設えた稽古鎗の鎗持ちは、小柄ながら黒髪をきりりと結い上げ、口髭に顎髭を蓄えた年寄りの見習のようだった。

晴れ晴れしい鎗持ち衣装の稽古鎗の主はむろん赤目小籐次だ。

水邨勢造が近習頭の池端恭之助に、

「本日の御礼登城、二本鎗で参りたいと思います」

と願い、池端はその意を即座に理解した。

赤目小籐次を行列に加えるとしたら藩士の姿より、正式な鎗持ち水邨勢造の傍らで見習鎗持ちとして従うほうが万事よかろうと考えたのだ。

この考えは小籐次の鎗の扱いを見た水邨が持ち出し、小籐次も二本鎗のほうが、相手はどちらの鎗先を切り落とすか迷うだろうと考えた。

その折、大柄な水邨勢造より小柄なほうを狙うのではないかとの期待が小籐次にあった。そうなれば対応の仕方はあると、小籐次は踏んだ。

ともあれ早朝に千代田城に向かうのだ。

最初は森藩の行列だけだったが、七、八丁も進んだところで三河挙母《ころも》藩内藤家が森藩のあとに加わり、さらに十丁進んだところで近江山上藩稲垣家や陸奥八戸藩南部家の行列が一家二家と前を進み、増上寺門前では数えきれない外様小藩が長い行列を作り、歩みがのろくなった。

もはや夜は明けていた。

小籐次にとって仕事場でもある芝口橋の久慈屋の前に、森藩の行列は差し掛かっていた。その界隈のお店では、奉公人たちがあくびをこらえながらお店の前の掃除などを始めていた。

御礼登城も二日目となると、数多の小藩の初登城に関心を示す者はいなかった。

小籐次は久慈屋にちらりと視線を向けた。が、国三らは初荷の仕度を前に掃き掃除をしていて、森藩の行列に関心を寄せた奉公人は一人としていなかった。

久留島通嘉に密かに届けられた脅し文がもし実行されるとしたら、帰路になる可能性が高いと、小籐次も水邨も改めて考えた。

南町奉行所のある数寄屋橋から道三堀沿いを進み、大手御門前広場に森藩の行列が到着したのは、六つ半（午前七時）過ぎの刻限だった。

広場では数多の大名家や直参旗本らの行列に加わってきた供たちが、大手御門を潜ってさらに下乗所へと向かうもはや少人数の列を見送った。

お城はさらにその先だ。

小籐次らは広々とした大手御門前の広場に固まり、船標《ふなじるし》のような旗や飾り鑓を立てて藩主一行が下城してきたときの目印とした。

水邨が見習鑓持ちに扮した小籐次に歩み寄ってきて、

「これまでは何事もございませんでしたな」

と小声で囁いた。

「予測どおりに事が起こるとしたら帰路にござろう」

と小籐次は答えながら、広場を埋め尽くした小藩の行列の一団を眺めた。

小籐次にとって初めての光景だった。

正月早々からかような初登城が繰り広げられ、大手御門前広場にそれぞれの藩主の下城を待つ軽輩たちがいるなど、これまで考えたこともなかった。大勢のひとの群れの向こうに桔梗堀の水面と、石垣の上に蓮池巽三重櫓が美しい姿を見せていた。これまた初めて接する景色だった。

小籐次はまずこの大手御門前広場で、

「事を起こす者はいまい」

と思った。

よしんばさようなことを考えたとしても大勢の供が見ており、逃げるに逃げようもないほどの者たちがいた。なによりだれの指図か知らぬが、大手御門前で騒ぎを起こせば、自滅を招くことは知れていた。

やはり帰路、町屋に入って日本橋から芝口橋へと向かう通りで事を起こすであろうと小籐次も水邨も思った。

「師匠、殿は城中で公方様に御目見挨拶をなさるのじゃな」

と退屈まぎれに小籐次が問うと、

「大手門の先に足を踏み入れたことなどございませんよ。赤目様は去年白書院に招かれたというではございませんか」

と水邨が反問した。

「駿太郎といっしょに思いがけずに招かれ、酒を所望し、戯事を演じたのは事実じゃ。されどあれは、初登城などの儀式ではないからのう」

「なんでも聞くところによると、本日の御目見は大勢の大名、直参旗本の嫡子らゆえ立礼にて、一同で烏帽子《えぼし》の頭を下げて公方様に新年の挨拶をなし、それぞれが太刀目録を献上するそうな。それに対して将軍家から新年の兎の吸い物が配られ、盃三献の儀が行なわれるというが、大紋の大名家の殿様や布衣姿の直参旗本の主が数多おられるのですぞ、どのようなものか、全く想像もつきませんよ」

と水邨が小籐次に答えた。

この日、いつもよりも短めの朝稽古を終えた駿太郎は、創玄一郎太、田淵代五郎、お鈴を伴い、クロスケとシロ、それにお梅に見送られて、望外川荘の船着場を離れて隅田川に出た。

正月二日、晴れやかな天気だった。

「お鈴さん、寒くはありませんか。お梅さんが載せてくれた綿入れを膝にかけていたほうがよいですよ」

と駿太郎が櫓《ろ》を握りながら言った。

「有難う」

と礼を述べたお鈴が綿入れを膝に広げて、

「温かい」

と言った。

「赤目様はどうしておいででしょうね」

「父上がなんのために旧藩のお屋敷に逗留し、どうしておられるか分かりません、いつものことですけどね」

駿太郎は大川の両岸の町屋や川端から上げられた凧を見ながら流れに乗って下り、日本橋川に入ると、初登城行列を見物せずに藩邸に戻るという一郎太と代五郎を江戸橋の南詰めで下ろした。

「御用が済んだらすぐに須崎村に戻ってくださいと父上に伝えて下さい」

「承知した。されど、駿太郎さん、われらの言などものの役にも立つまい。なにしろなにが起こっておるのかさっぱり分からぬのだからな」

と一郎太が申し訳なさそうな顔をした。

江戸橋から進むと、日本橋の上には晴れ着姿の年始客や、初登城の行列見物にいく在所者らが込み合って往来していた。だが、日本橋を潜ってみたが一石橋の御堀の向こう、道三堀には入れないように北町奉行所の御用船が出ていた。

「お鈴さん、本日は父上がおられません、大手御門前広場には入れそうにありませんね。帰りの行列を久慈屋さんの前から見物しましょうか。あそこなら舟も止めておけますしね」

駿太郎は呉服橋へと舳先を向けた。

御堀を南へと進むと右手には譜代大名の江戸藩邸が、左手は町屋が続いて、江戸らしい光景を見せていた。

「ほら、この先の数寄屋橋の御門内には南町奉行所がございます。本日は、私どもの知り合いの近藤様方同心衆も初登城の整理に駆り出されて、御用を勤めておられます」

「駿太郎さん、なんどもいうようですが、江戸は私が篠山で思い描いていたよりも何十倍も大きいです」

「お城を中心に内堀外堀が二重に取り囲んで、外堀には出入口の見附がいくつもあります。その外にも武家屋敷や町屋がありますから、どこからどこまでが江戸なのか駿太郎には分かりません」

「ここに百万もの人たちが暮らしているのよね」

「お鈴さんは長閑な篠山が恋しくなったのではありませんか」

「駿太郎さん、反対よ。いればいるほど江戸に恋してしまうわ。江戸育ちのおしん従姉が羨ましいわ」

とお鈴が言い切った。

「お鈴さんは篠山城に奉公しているのです。おしんさんと同じ江戸藩邸に奉公替えしますか」

「それも一つの考えね」

お鈴が真剣に思案に耽《ふけ》った。

駿太郎がいつもとは反対に土橋、難波橋《なにわばし》と潜って芝口橋の船着場に小舟を着けると、河岸道で手代の国三と読売屋の空蔵が立ち話をしていた。

「おめでとうございます。今年もお世話になります」

駿太郎が小舟から二人に声をかけると、

「なんだ、駿太郎さん、正月から研ぎ仕事か」

と空蔵が問い返してきた。

「御礼登城の行列をお鈴さんが見たいというのでこちらに来たのです」

「おお、そろそろ下城してくる刻限だぜ。芝口橋だっていくつもの大名行列が通るからな」

と応じた空蔵が、

「駿太郎さんよ、親父様の姿が望外川荘にないと、さる筋から聞いたがよ、どこに行ったんだよ。正月から厄介ごとを頼まれたんじゃないか。ならばこの空蔵にも一枚嚙ませてほしいな」

「空蔵さん、父上が望外川荘にいないのは確かです。でも、どこになんのためにいるのかなんて、私は知りませんよ」

駿太郎は虚言を弄した。

小籐次の行動について空蔵に教えることができるのは小籐次当人だけだと、承知していたからだ。

そのとき、日本橋の方角からざわめきが響いてきた。

「おお、御礼登城は終わったな。お鈴さんよ、大名行列の佃煮だ、芝口橋に大名行列が次々に通りかかるぜ。なんぞ事が起こるとよ、読売にちらりとした読み物が書けるのだがな」

と空蔵が期待を洩らした。

橋の上から急に往来の人びとの姿が少なくなった。御礼登城の行列と揉め事など起こしたくないので橋から河岸道に移ったのだ。それを見た駿太郎が、

「お鈴さん、この小舟の上から行列を見ませんか、よく見えますよ」

「それがいいわ」

二人は舫《もや》った小舟から見物することにした。

一方、空蔵は河岸道の柳の下で行列を待ち受けることにした。

しばらくすると行列の足音が伝わってきた。

「駿太郎さんよ、一番先頭は美濃苗木《なえぎ》藩一万五百石遠山美濃守様の行列だな、酔いどれ様の旧藩とおっつかっつの貧乏藩だ」

と貧乏のところだけ小声で教えてくれた。

花色羅紗の飾り鑓は行列の十一代藩主遠山美濃守友寿の乗り物のあとに立てられていた。

見物の人の群れがなんとなく見る中、静々と通り過ぎていく。

「おお、二番手は、駿太郎さんよ、酔いどれ様の旧藩だな。おおー、貧乏藩め、景気をつけんとしてか、飾り鑓二本が先頭にくるぜ」

と空蔵が教えてくれた。

「赤目様は御礼登城に関わっておられるのかしら」

とお鈴が駿太郎に聞いた。

「さあ、どうでしょう」

駿太郎にも分からなかった。

すると鑓持ち二人が並んで黒漆叩き塗り十文字鑓と稽古鑓を飾り立て、芝口橋にかかるや、片手に立てた鑓を、
ひょい

と虚空に投げ、飛んできた鑓を双方が見事に片手で受け取った。

その瞬間、

「おおっ！　見せてくれるじゃないか」

と声がして、河岸道や橋の欄干に腰をかがめて見物する人の群れから歓声が起こった。

駿太郎は、

「ああー」

と思った。

十文字の鞘をつけた飾り鑓を受け取った小柄な人物がだれか、仕草で分かったからだ。

(父上が旧藩の鑓持ちに扮している、なんのためだろうか)

と疑問に思ったとき、芝口橋の南側に一人の武芸者が、遠目にも豪刀の抜身を提げて行列に立ちはだかった。仲間も何人か控えているようだ。

「な、なんだ」

と柳の木の下の空蔵が眼を瞠《みは》った。

「豊後森藩一万二千五百石、久留島伊予守通嘉様の行列と存ずる！」

と男が朗々とした声で質した。すると鑓持ちの水邨勢造がこれに答えて堂々とした声音で、

「いかにもさよう。往来の面前で抜身を提げて立ち塞がるとはいかなる所存か」

と応じた。

「知れたこと、過ぎし日、『御鑓拝借』の騒ぎを為した赤目小籐次の旧主、久留島様の御鑓先頂戴致す」

と大声が宣言した。

「な、なに、『御鑓拝借』の報復か、て、てえへんだぜ」

と空蔵が慌てた。

すると手前の小柄な鑓持ちの口から、
からから
と笑い声が起こり、

「そのほう、何者か」

と誰何《すいか》した。

「比叡山の東軍僧正を開祖とあおいで川崎鍮之助《かぎのすけ》様が確立した、東軍流の流儀を極めた小田切宗近晴信なり」

「小田切とな、すでに『御鑓拝借』騒ぎは遠い昔に手打ちがなっておると聞いたわ。四家が改めてかような愚行をなすことはなし。そのほう、だれに頼まれかような戯事をなすや。いま一度問う、何者に頼まれたな」

「そのほうこそ何者か」

「わしか、江戸のこの橋際で、身過ぎ世過ぎに研ぎ仕事をなして糊口をしのぐ研ぎ屋爺よ」

「なに、研ぎ屋爺とな」

「おう、この場を去《い》ね、ならば座興として許して遣わす」

と小籐次が応じると見物の衆が、
わあっ！

と歓声を上げた。

小籐次は手にしていた飾り鑓をひょいと水邨に投げ渡すと腰の備中次直の柄に手をかけようとした。

「父上、これを」

水上の小舟から声がして駿太郎が竿の青竹を橋上に放り投げると、

「おお、駿太郎、行列見物にお鈴さんと参ったか」

と言いながら小籐次が竿を虚空で受け取った。

「はい、お鈴さんが御礼登城の見物がしたいと言われて案内してきたところです」

「ならば見物しておれ」

と言った小籐次が鬘《かつら》と髭をむしりとり、

「小田切、おぬしも満座の前で森藩の御鑓先を奪うと大言したのだ。研ぎ屋爺の屍《しかばね》を乗り越えぬ以上、鑓持ち水邨勢造どのの持つ十文字鑓の穂先は落とせぬぞ」

「おのれが」

と喚いた小田切が刃渡り二尺八、九寸はあろうという豪刀を大上段に振りかぶった。

芝口橋の上、両者の間合いは三間ほどか。

「空蔵さん、えらい見物《みもの》ですよ」

算盤《そろばん》を手にした久慈屋の大番頭観右衛門《かんえもん》が河岸道の柳の木の下に駆け寄ってきた。

「明日の読売は貰いましたぜ、この空蔵がね」

空蔵が舌なめずりをした。

「いえ、あの者の背後に控えておられるお方次第では、読売を出せないかもしれませんよ」

「大番頭さん、それはないぜ」

と空蔵が困惑の声で言ったとき、八尺余の青竹の竿を手にした小籐次が、つかつかと無造作に間合いを詰めた。

「爺、邪魔するでない」

と叫んだ小田切が、大上段の豪刀で小軀の小籐次を押しつぶすように襲いかかっていった。

刃が新春の風を切り裂いて唸った。

次の瞬間、小籐次の竿が、
すいっ
と突き出されると、小籐次の脳天に斬り込もうとした小田切の鳩尾《みぞおち》を下から鋭く突きあげた。

ぐっ
と呻き声を上げた小田切の巨体がなんと芝口橋の欄干の上を飛び越えて、駿太郎とお鈴の乗る小舟の傍らに落下し、大きな水しぶきを上げた。

小籐次が、

「来島水軍流脇剣一手、竿突き」

と小声で洩らし、

「タマや！」

と空蔵が大声を上げ、

「ようよう、千両役者！」

と算盤を手にした観右衛門が呼応した。小籐次がさらに、

「駿太郎、そやつを摑まえておれ」

と青竹を投げ返して命じ、水邨から稽古鑓を受け取ると、

「森藩御礼登城の行列、出立」

と水邨が言葉を発して、行列は何事もなかったように再び静々と進み始めた。

「大番頭さん、お店の片隅を貸して下さいな。勝五郎さんに渡す原稿を書くからよ」

と空蔵が願った。

「どうぞ、ご勝手に」

観右衛門の返事を聞いて空蔵が勝手知ったる店座敷に駆け込んだ。

観右衛門のところにすっと寄ってきた女性《にょしょう》がいた。気配に気付いた観右衛門が、

「おしんさんか、見なさったか」

「ちょいと私の調べが遅すぎましたね」

「やはり読売は出せませんかな」

「いえ、ほれ、あの者もおります。その調べ次第では読売を出せるかもしれませんよ」

おしんは駿太郎が堀に落ちた小田切某《なにがし》を竹竿で引き寄せるのを見ながら、

「空蔵さんに耳打ちしてきます」

と観右衛門のもとから離れていった。

第三章　松の内の騒ぎ

一

　四日後、小籐次と駿太郎は、年末以来久しぶりに親子で研ぎ仕事に出た。芝口橋の騒ぎは空蔵の読売に載ったであろう。ならばもはや騒動にはなるまいとの思惑で久慈屋に小舟をつけたのだ。

　小籐次にとって仕事始めだ。

「おや、仕事に参られましたか」

と荷運び頭の喜多造《きたぞう》が研ぎ舟の親子を見て声をかけた。

「年末から仕事を休みっぱなしで、こちらを始めお得意先に迷惑をかけておるからのう」

小籐次は応じながら研ぎの道具を久慈屋の店へと運び上げた。すると親子の研ぎ場に座を占めている者がいた。

紙人形の赤目親子だ。

当分、親子が須崎村の望外川荘に閉じ籠っていると手代の国三が考えたのであろう。一方、小籐次は一日でも早くふだんの暮らしを取り戻したかったのだ。

その様子に気付いた国三が手伝いに出てきた。

「今年も宜しくお付き合い願おう」

「こちらこそお願い申します。ご本人が参られたのです、直ぐに人形様は御蔵にお移り願います」

と国三が言い、人形の研ぎ師親子を片付け始めた。

小籐次は久慈屋の帳場格子の中に座す昌右衛門《まさえもん》と観右衛門に、

「本年もよしなにお付き合い下され」

と挨拶した。すると昌右衛門は会釈を返し、観右衛門は、

「過日はお店の前でのひと騒ぎ、とくと見物させてもらいましたよ。ご苦労様にございましたな。『御鑓拝借』の真似をなそうなどという粗忽者《そこつ》が現れるとは世も末、身のほど知らずに驚きました」

「騒がせましたな。もはやあの一件、鎮まったのでござろうな」

「いえいえ、赤目様、そうは問屋が卸しませんでな。城中ではあの者の背後にだれが控えているか、お調べが密かに続いておるようです。ですから空蔵さんも読売を売り出すに売り出せないでおりますよ」

「なに、事は終わったのではござらぬか。いささか仕事始めは早計であったかのう」

　小籐次は考えちがいに困惑した。

「もはや赤目様の役目は橋の上で終わったのでございますよ。豊後森藩の行列も迷惑を被《こうむ》った側、お仕事に戻られてなんの差し障りがございましょうや」

　と観右衛門が小籐次に言った。

「そうかのう、こちらに迷惑をかけることにならぬか」

　すっきりとせぬ顔の小籐次に、

「そのときはそのときのことです、赤目様」

　と昌右衛門が言い切った。

　そんな問答があって、親子は正月六日になってようやく研ぎ場に座った。すると紙人形を蔵に仕舞い込んだ国三が、代わりに手入れの要る道具を研ぎ場に運んできた。

駿太郎は久慈屋の井戸から水を汲んできて洗い桶二つを満たし、仕事の仕度が整った。となれば親子で問答の要もない。

駿太郎が下地研ぎをなし、仕上げ研ぎ方の小籐次に渡す手順で作業を始めた。こうなれば父と子は作業に没頭する。それが亡父から習った研ぎ仕事だ。


一方、須崎村の望外川荘ではおりょうが毛氈の上に試し用の紙を何枚も重ねて、下地描きの清水寺の満開の桜の光景に色を加える稽古を繰り返していた。本物の巻紙に色彩を塗るには十分な稽古を重ねる要があった。

おりょうにとって篠山行は、駿太郎の母になる旅であり、また篠山で出会った『鼠草紙』の須崎村おりょう流を仕上げることは一家の絆の証であった。

喜多川歌冶から贈られた絵筆で岩絵の具を塗っていくと、浅草で購った岩絵の具の色彩とは違い、おりょうが思う色合いに近づいてきたように思えた。それでも、

「まだまだ篠山の『鼠草紙』の色ではないわ」

とおりょうは呟いた。

久慈屋の店先ではいつしか時が過ぎ、

「赤目様、ひと休みなされませぬか」

と観右衛門の声で親子は作業の手を休めた。

小籐次は陽射しを見て、

「おお、もう昼になっておるか」

と気付いた。

「赤目様、駿太郎さん、久しぶりの研ぎ仕事に熱中しておられましたね」

とすでに昼餉を済ませた国三が言い、

「研ぎ場は私が見ております」

と研ぎかけの刃物などの上に古布《ふるぎれ》をかけた。

研ぎかけの刃物などを見てあらぬことを考える愚か者の所業を未然に防ぐために、古布で覆って隠すのだ。

「そう願おうか」

親子は久慈屋の三和土《たたき》廊下から台所に行き、女衆に、

「本年も宜しゅうお願い申す」

と願った。

「ようやく赤目様と駿太郎さん親子が仕事に見えて、うちもふだんに戻りましたよ。こちらこそ宜しくお付き合いくださいな」

と台所の女衆を仕切るおまつが応じた。

すでに広い板の間の大黒柱の下には、大番頭の観右衛門が膳を前に座していた。そこに親子の膳もあったが、駿太郎は自分の膳を女たちが昼餉を食べる場所へと運んできた。

「駿太郎さんはこっちがいいかね」

「大番頭さんと父上は年末以来溜まった話がきっとございましょう。私はこちらで食べさせてもらいます」

「いい考えだね。年寄りは年寄り同士、女子どもは厄介な話は聞かぬほうがいいやね」

と応じたおまつが、

「雑煮にしたよ、食い飽きてはいまいね」

「うちは元日だけが正月の御節振舞、その元日も父上は途中からいなくなりましたから、二日目からはいつもの暮らしに戻っておりました。久しぶりです、雑煮は」

焼餅が入った雑煮にじゃこをまぶした握りめしと香の物を前に駿太郎は合掌して、

「頂きます」

と感謝して雑煮椀を手にした。

一方、観右衛門は、

「赤目様はお聞きになりたくないでしょうが、明日七日は人日、総登城が行われます。御礼登城は格式で三日に分けられましたがな、五節句は一日での総登城ですからね、何事もないように公儀では芝口橋の一件を解決しておきたいのでしょうな」

と小籐次に話しかけた。

「もはや目途がついておると考えたがのう」

と小籐次はぼやいた。

あの日の騒ぎのあと、森藩の御礼登城の行列は芝口橋から無事に元札之辻の江戸藩邸に戻りついた。

奥に通った久留島通嘉は近習頭の池端恭之助を呼び、

「赤目小籐次を召せ」

と命じた。

池端が急ぎ鎧持ちの水邨勢造を探して、

「赤目小籐次様はどこにおるな」

と質すと、

「赤目様でございますか。『一件落着、わが役目は済んだ』と申されて長屋で鎧持ち衣装を脱がれ、ご自分の衣服に着替えると早々に姿を消されました」

と答えた。

小籐次は金杉橋まで戻ると折から居合わせた猪牙《ちょき》舟を雇い、須崎村の望外川荘に帰ってきたのだ。

「おそらく赤目様の竹竿に御堀まで突き飛ばされたあの剣客小田切宗近なんとか様の白状次第では、背後に控えた人物の名が上がりましょう。赤目様も推察されたようにあの剣術家の背後に控えるお方が幕閣の一人だったりした場合、厄介でしょうな」

久慈屋の台所で大番頭の観右衛門が昼餉を食しながら小籐次に言った。

小籐次は、その後の小田切宗近晴信がどうなったか全く知らなかった。

正月の江戸見物をした駿太郎とお鈴の二人が望外川荘に戻ってきたとき、小籐次はすでに帰宅していた。

「父上、小田切なんとか様の身柄を南町の同心近藤様や難波橋の秀次親分に引き渡しました」

「それでよい」

「ところが大目付のお役人方が小田切なんとか様の身柄を、強引に町奉行所の手からどこぞに連れていきました」

と報告した。

御礼登城の大名行列を襲ったとなると、老中支配の大名諸家を監督する大目付が出てきてもおかしくない。となると小田切某の行動は公儀の中での政争の原因の一つになりかねないと思った。それにしてもあの騒ぎから四日が経っていた。

「やはりあの者の背後には公儀の然《しか》るべき者が関わっていたろうか」

「推量にすぎませぬが、あのお方の独断とは思えません。赤目様が情けをもって斬り捨てずに御堀に突き飛ばされ、駿太郎さんが身を引き寄せ、難波橋の親分に引き渡しましたな」

「それを大目付が南町奉行所の手から強引に引き取ったそうじゃな」

「駿太郎さんからお聞きになりましたか。あのお方、江戸の事情もとくと分からぬままに金子《きんす》と武名を得んとして、下城途中の大名行列に悪さを仕掛けたのです。大目付が乗り出してくるのは分からないではございませんな」

「となるとあの者は城中の争いのタネに利用されるか、気の毒なことをしたな」

と小籐次が悔いの言葉を洩らした。

「赤目様、森藩の『鑓持ち』が為した当然の行為にございますよ。致し方ありますまい。公儀としても正月早々御礼登城の行列に悪さを企てる者がいると、世間に思われたくはないでしょう。なにしろ在所は凶作続き、江戸へ逃散者《ちょうさん》、無頼者が次々に入り込んでくるご時世ですからな。芝口橋の森藩襲撃はうやむやな解決の途を選ばれましょうな」

久慈屋は大名家や大身旗本の屋敷との取引きがある。ために城中の動きはよく承知していた。

「ならば小田切どのは放免か」

「赤目様、そう簡単にはいきますまい。小田切様と背後にいる何人かは、口封じされて一件落着となりませぬか」

と観右衛門が推理した。

「騒ぎのあと、おしんさんが見えて『私の調べが遅かった』と嘆いておられ、読売の原稿書きをなす空蔵さんと面会されました」

「となると大番頭さんの申されるように城中で駆け引きが行なわれておりますかな」

小籐次の言葉に観右衛門が頷いた。

昼餉を食したのかどうか、小籐次は観右衛門の話で妙に満腹した。


昼下がり、親子は研ぎ仕事を再開した。

未だ松の内だ。

大黒に扮しての正月芸人大黒舞や、人形まわしの傀儡師《くぐつし》が独り浄瑠璃を演じながら、橋の上を賑やかに通り過ぎていく。

だが、親子の研ぎ場はぴりりとした空気が漂っていた。

どれほど刻限が過ぎたか。

芝口橋に人だかりがした気配を感じて小籐次は顔を上げた。すると読売屋の空蔵が橋に置いた台の上に上がり、ちらりと小籐次と駿太郎が研ぎ仕事をしているところに視線をやった。だが、直ぐに人だかりに視線を戻し、

「芝口橋を往来のご一統様に、読売屋の空蔵が新年の慶賀を申し述べさせて頂きます。

皆々様、文政九年がよき年になりますよう、不肖読売屋空蔵、八百万《やおよろず》の神様に祈願申し上げ候」

と神妙な顔で頭を下げた。

「ほら蔵、松の内とはいえ妙な年賀の挨拶などするねえ。さっさと正月二日の騒ぎを語りねえな、おめえも何日遅れの読売を少しでも売りてえだろ」

と着古した羽織姿の職人の親方と思しき男が空蔵に嗾《けしか》けた。

「おうおう、年始回りで酒が入っているか、雪隠大工の棟梁よ」

「ほら蔵、おりゃ、大工じゃねえ、壁塗りだ」

「千両箱がごろごろ積まれた大店の壁塗りか、景気がいいやな。確かにおめえさんがいうようにおれも読売が売りてえ。だがな、この読売には斟酌《しんしやく》しなきゃならねえことだらけだ」

「なんでえ、しんしゃくたあ、新たな曲尺《かねじやく》ができたか」

「おお、壁塗りの頭、斟酌なんて難しい言葉をつかって悪かったよ。斟酌たぁな、ごみなんぞが浮かんだ水をさ、水だけを柄杓《ひしやく》でそっと汲みわける意よ。つまり、相手の事情があってよ、そこいら辺りを書いていいか、書いて悪いか、ごみをより分けてこの空蔵が苦心した文案だ」

「分かりませんな」

と隠居風の年寄りが空蔵に言った。

「なにが分からないよ、薪屋の隠居」

「正月二日、御礼登城の豊後森藩の行列がこの橋の上を通りかかった。そしたら、ことあろうに一人の武芸者が森藩の飾り鑓の先を切り落とすと喚いた、それだけのことだ」

「ほう、見ていなさったか」

「はい、とくとあの河岸道から見ておりました。あの騒ぎ、どこをどう斟酌しろと言われますな」

「隠居はあの騒ぎを見ていたか」

「見ておりました」

空蔵が念押しし、隠居が繰り返し同じ答えで応じ、

「あの騒ぎには斟酌はいらぬが解釈、つまり見方はいるな」

と隠居が空蔵の言葉を補った。

「どんなよ、どこぞの隠居」

と最前の壁塗りが隠居に質した。

「おまえさん、『御鑓拝借』はどなたの勲《いさおし》ですかな、勲が分からなければ手柄といいかえようか」

「おうさ、久慈屋の店先でせこせこと刃物を研いでいる赤目小籐次様が立てた手柄だよ」

「そのとおり、その手柄の原因《もと》となったのは森藩の殿様が城中詰の間で辱めをうけたことだ。それをたった一人、久慈屋の店先でせこせこと研ぎ仕事をなさるお方、あ」

と言いかけた隠居の口を空蔵が手で慌てて押さえ、

「その先はなしなんだよ、隠居」

と懇願した。

空蔵の手を振り払った隠居が、

「なぜあのお方の名を出してはいけませんかな。だって、正月二日の森藩の鑓持ちは」

「鑓持ちなんだよ。そこを斟酌してくれというているんだよ」

「分からねえ」

と壁塗りの親方が言った。

ふうっ
と大きな息を一つした空蔵が気を取り直し、

「正月二日のあの茶番の場をさ、おれも、ほれ、あそこの柳の根元から見ていたんだよ。いいか、東軍流の小田切某って剣術家が確かに森藩の鑓持ちに、『久留島様の御鑓先頂戴致す』と喚いてよ、過ぎし日の『御鑓拝借』の二番煎じをしようと試みたのは確かだ。そいつを御堀から投げ上げられた青竹を摑んだ鑓持ちが、斬りかかった相手の鳩尾をついてあっさりとこの御堀に突き落とした、そうだな、ご隠居」

「肝心要の鑓持ちがだれか、だれもが承知のことではないか」

「だからよ、その辺りを斟酌しろというんだよ。鑓持ちに青竹で突き落とされた小田切某はな、江戸に初めて出てきたばかりなんだよ、事情も知らないまま、引き受けた金目当ての仕事でドジを踏んだ。城中であれこれと揉めた末に、この小田切を金で唆《そそのか》した公儀のさるお方の重臣に重い裁きを下すという話だ。そいつをすべて読売に書いてみな、おれもこの芝口橋から首を括って死ぬ羽目になるんだよ」

空蔵の険しい口調に橋上の客たちが、しーんとして黙り込んだ。

「そ、それじゃ、読売の役目を果たせねえじゃねえか」

「仰るとおりだ。泣く子と地頭には勝てないんだよ。その経緯《いきさつ》は書いてある、だからさ、文面の裏側を察して読んでくれないか」

と最後は哀願調で空蔵が言った。

「そんな読売ってあるか」

壁塗りの親方が吐き捨て、客を掻き分けて空蔵の読売も買わずに立ち去った。

それをきっかけに一人ふたりと去り、空蔵の傍らに隠居と武家主従二人の二組が残った。

「なんでも商いとなると辛いな。空蔵さん、一枚おくれ、おまえさんの斟酌ぶりを読みますよ」

と隠居が買い、武家方も、

「それがしも貰おう」

と銭を差し出した。

「ありがとうよ、お武家さん、ご隠居」

と応じた空蔵が力なく売れ残った読売と台を手に、すごすごと久慈屋に向かった。それを迎えたのは小籐次だった。

「ご苦労であったな、わしも頂戴しよう」

小籐次が一分を差し出し、

「わしの気持ちだ、釣りは要らぬ」

と言った。

「つれえな、鑽持ちはだれもが赤目小籐次と承知なんだよ。それを書いちゃいけねえだと。おまえさんの名を出さずしてこの話を読売にして売れだと、なんて話だ」

「空蔵さん、わしの名に差し障りがあるのではなかろう。公儀の中で角突き合わせているどなたかの指金《さしがね》かね」

しばし沈黙していた空蔵が、

「赤目小籐次様よ、おまえさんの名が江都で上がれば上がるほど、かようなことはこれからも起きるぜ」

と力なく予測を述べた。

二

小籐次と駿太郎は、七つ半(午後五時)前にこの日の仕事を終えて、おやえから頂戴ものだという紀州みかんを十個と伏見屋の瓦せんべいをもらい、観右衛門が、

「明日もこちらに参りますな」

と小籐次に質した。

「年始めゆえ明日は深川蛤町《はまぐりちょう》裏河岸に年賀に参ろうと思う。深川にも今年になって、未だ顔出ししていないゆえな」

と今後の予定を告げた。

「ならば国三、研ぎの道具を舟に乗せる手伝いをなされ」

と観右衛門が命じた。

道具を積み終えると、駿太郎が小舟を船着場から離しながら、

「国三さん、明日は紙人形親子の出番ですか」

船着場まで見送りにきた国三に声をかけた。

「お二人が深川でお仕事ならば赤目親子人形の出番です。しっかりと人形が研ぎ場を守っておりますよ」

と国三が遠ざかる親子に大声で応じた。

築地川に向けた小舟にどこからともなく梅の馥郁《ふくいく》とした香りが漂ってきた。

「父上、新兵衛長屋にも顔出ししていませんね。お夕姉ちゃんが望外川荘に泊まる日がそろそろですよ」

「ならば顔出ししてお夕と日を決めておこうか。今日でもよいと桂三郎さんとお麻さんがいうならば伴おうか」

小籐次の言葉で駿太郎は、新兵衛長屋のある堀留に小舟を入れた。すると長屋から調子はずれの歌が聞こえてきた。

新兵衛も「研ぎ仕事」を終えたか、

「ぎおんしょうじゃのーかねのねは、しょぎょうむじょうのひびきーあり」

どこで覚えたか、下手な大道芸の口上を大声で怒鳴っていた。どうやら今日は小籐次なりきりではないらしい。

「おい、新兵衛さんよ、その歌だか経だか、どうにかならないか。一日聞かされていると、頭がおかしくなるぜ」

柳と柿の木の下で勝五郎と新兵衛がいつものかみ合わない問答をしていた。

柿はもはや一枚の葉もなく寂し気だった。

「厠《かわや》がよい、だれにいうておるな」

「そりゃ、おまえさんだよ、新兵衛さん」

勝五郎が応じたところに駿太郎が小舟を石垣の下に着けた。

「おお、赤目の旦那か。芝口橋の騒ぎを書いた読売は今一つ売れ行きが悪かったそうだな。お城からよ、あれは書くな、こちらの名は出すなじゃ、だれも買わないよな。赤目小籐次が縄張りうちの芝口橋でひと暴れした読み物だがよ、ああ停《ちょう》止《じ》があっちゃ、ほら蔵の頑張りも無駄に終わったな」

「よいときもあれば悪いときもある。これればかりは致し方あるまい」

と小舟に座ったまま小籐次が答えた。

駿太郎が石垣に飛び上がり、

「新兵衛さん、おめでとう。今年もよろしくお願いします」

と挨拶しながら、どぶ板を踏んで小走りに木戸口へ、新兵衛の家へと走っていった。すると桂三郎とお夕も仕事を終えたらしく、親子で働く作業場の片付けをしていた。

「お夕姉ちゃん、いつ望外川荘に泊まりにきます」

と駿太郎が昔どおりの呼び名で声をかけると、父親であり師匠である桂三郎が、

「今日は仕事がひと区切りつきました。お夕、赤目様のところが迷惑でなければ今日でも構わないよ」

と許しを与えた。

「えっ、今日でもいいの。まだ松の内よ」

「お夕、舅《しゅうと》も機嫌は悪くないようだ。そっと小舟に乗りなされ」

そんな会話を奥で聞いていた母親のお麻が、

「駿太郎さん、今日だと迷惑ではない」

「うちはいつだってお夕姉ちゃんがくるのは構いません。ただ今は承知のように篠山のお鈴さんもいて賑やかですよ」

駿太郎が答え、お夕が仕事着から外着に替えた。その間にお麻がお夕に持たせる手土産の干柿を用意した。

お夕が望外川荘に泊まりに行くと分かったら、新兵衛の機嫌が途端に悪くなる。そこで新兵衛の娘であるお麻が、新兵衛を宥《なだ》めて連れ戻すために従っていこうとしていた。

「お父つぁん、明朝戻ってきます」

と挨拶したお夕が嬉しそうな顔で干柿を持たされ、差配の住まいを出た。

井戸端で女衆が夕餉の仕度をしていた。

「おや、今日は須崎村に泊まりかい」

おきみが笑みの顔のお夕に声をかけた。

「お父つぁんから許しを貰いました」

「お夕ちゃんはえらいね、父親と親方を兼ねる桂三郎さんのもとで一日じゅう過ごしているんだからね、偶には息抜きしないとね。そのうえさ、新兵衛さんの面倒を見ているんだものね、感心するよ」

「おきみおばさん、家族ですもの、当然です」

と答えたお夕が、

「そろそろ藪入《やぶい》りで保吉さんが帰ってくるわね」

「へん、保吉たら、近頃こ生意気になりやがってさ、こんな狭い長屋には居られないなんて抜かし、ちらりと顔見せしたかと思ったら、どこぞにいそいそと出かけていくよ」

「それだけ保吉さん、大人になったのよ」

「小僧だよ、大人なんかにほど遠いよ」

おきみが答えたが、藪入りを待ちかねている笑顔で言い足した。

「大人といえば駿太郎さんのほうがよほど大人だよ。もうちゃんと一人前の研ぎ屋だろ」

「父上のようにはとうていなれません。お夕姉ちゃんといっしょで修業中です」

「この新兵衛長屋でえらいのはお夕ちゃんと駿太郎さんの二人だね」

と女たちが言い合う井戸端から駿太郎が裏庭に出ると、新兵衛が、

「おお、駿太郎、参ったか。その女子はだれじゃ」

と赤目小籐次なりきりを不意に思い出したか、言った。孫のお夕が外着を着ているせいか、どこぞの女衆と勘違いをしたのだろうか。

「本日はお夕姉ちゃんを須崎村にお連れ致します。明日の朝、こちらに戻します」

「なに、どこへ参るな、わしも行こう」

と手にしていた木刀を腰帯に差して小舟に向かおうとした。

「お父つぁんは、ほら、うちの人と加賀湯に行くのよ」

「うむ、湯屋か」

「一日外仕事で体が冷えたでしょう、夕餉はお父つぁんの好きな、さばの煮魚よ。ささ、家へ戻るわよ」

お麻が新兵衛の関心を惹き付け、お夕と駿太郎に手で早く小舟に乗り込みなさいと合図をした。

「爺ちゃん、明日ね」

小声で呟いたお夕の手を引いて、駿太郎が堀留の石垣に止めた小舟に乗り込んだ。すると小籐次が素早く石垣を手で押して小舟を離し、竿を使って堀留から御堀へと向かった。

「夕、このところわしの都合で長屋に新年の挨拶にも来られなかったな、どうしておった」

小籐次がしっかりとした顔付きになってきたお夕に尋ねた。

「赤目様があまりにも忙しすぎるのです。元日から、昔奉公していた大名屋敷の殿様に頼まれて、おりょう様や駿太郎さんをほったらかしにしていたのでしょ」

「知っておったか」

「勝五郎さんがうちに芝口橋の騒ぎを教えてくれました。だけど読売はあまり売れなかったって聞きました」

「そうらしいな。お城の偉い方がからむ話じゃ、あれやこれやと読売に書くことを禁じられたらしい。あの読売では売れまいな」

「赤目様の名も載せられたら売れたのにね」

「わしにとって好都合じゃが、読売屋の空蔵は思惑が外れて商いにはならなかったらしい」

「うちのお父つぁんは、勝五郎さんから話を聞いて、『これは未だ終わっていませんよ、二幕目があります』と答えていました」

「なに、桂三郎さんは二幕目があるというたか。それは厄介じゃな」

小籐次は答えながら、二日の芝口橋の騒ぎ以降、おしんが小籐次に会うことはせず黙っているのも気になっていた。おしんは人日の総登城を予測していたのだ。

「勝五郎さんの話を聞いての言葉です、あてにはなりません」

とお夕が答えた。

「いや、桂三郎さんはわれら新兵衛長屋のなかで一番思慮深いご仁じゃ、その言葉ゆえ無下にはできぬな」

「父上、また森藩の手伝いをなさる気ですか」

駿太郎が尋ねた。

「もはや殿様のお呼び出しもあるまい。一応、約定を果たしたのだ」

と答えながら桂三郎の言葉とおしんの無言が気になった。

確かに旧藩の見習鑓持ちは赤目小籐次と、読売でも示されなかった。さりながら世間の人びとは、それが赤目小籐次と承知していた。空蔵の読売が売れず、小籐次の気持ちがいま一つ晴れないのも、桂三郎の言葉とおしんの無言に由来していると小籐次は考えていた。

「夕、師匠桂三郎さんの仕事はどうか」

「お父つぁん名指しの、いえ、師匠名指しの注文が重なって溜まっております」

「それだけ桂三郎さんの仕事が世間に認められてきたのだ、嬉しい話ではないか」

はい、と答えたお夕がしばし間をおき、

「喜ばしい話に違いありません。でも、お父つぁんは同じような注文ばかりをこなすことに決して満足しておりません。傍らでお父つぁんの仕事ぶりや顔付きを見ていて分かるんです。贅沢な悩みでしょうか」

「ううーん」

と小籐次は櫓を漕ぎながら唸った。

いつしか小舟は築地川を出て、江戸の内海の岸辺ぞいに大川河口を目指していた。

「お夕姉ちゃん、桂三郎さんは同じ細工物ばかり造るのは嫌なのですか」

駿太郎が聞いた。

「職人だからお店やお客様の注文に応えるのは当然だわ。でも、お父つぁんは、時に新しい細工を手掛けたいのじゃないかしら」

「桂三郎さんが娘であり、弟子のそなたにそのような胸の内を洩らしたことがあるか」

いいえ、とお夕が首を横に振り、

「決して」

と言い足した。

「で、あろうな。細工物に門外漢の、素人のわしがいうのも何じゃが、桂三郎さんの悩みはよう分かる。もはや桂三郎さんの技量なれば独り立ちすることもできよう。じゃが、これまで世話になった店への義理もある、ゆえにただ今は黙ってお店の注文をこなしておられるのであろう。だがな、時がくれば必ずや桂三郎さんがやりたい仕事ができるようになる」

「そのような日が来ましょうか」

「夕、親父様を、師匠を信じよ」

また沈黙に落ちたお夕は、

「私はお父つぁんの力を信じております。でも、それ以上に赤目小籐次様の言葉を信じたく思います」

と言い切った。

小舟は内海から大川河口に掛かろうとしていた。

駿太郎が黙ってお夕の傍らから立ち上がり、小籐次の櫓に手をかけて親子で力を合わせて大川河口の三角波に立ち向かった。

親子で漕ぐ小舟が須崎村の湧水池の船着場に帰りつき、うっすらとした残照が空にあった。雑木林の中から二匹の犬が飛び出してきて、そのあとからお鈴が姿を見せた。

「お帰りなさい」

と声を小舟にかけたお鈴が、

「あ、お夕さんですね。よくいらっしゃいました」

と迎えた。

「お鈴さん、母上の『鼠草紙』の進み具合はどうですか」

駿太郎が久慈屋からの頂戴ものを船着場に下ろしながら尋ねた。

「驚きました」

とお鈴が短く応えた。

「なにを驚いたというのです」

「一芸に秀でた人は見方が違います」

「なんの見方がですか」

「駿太郎さん、出来上がったとき、ご覧になれば分かります」

「えっ、出来上がるまで見せてくれないのですか」

「おりょう様は、『旦那様にも駿太郎さんにも出来上がるまで見せない』と言われています」

「私どもは家族ですよ。見せてくれてもいいではありませんか。ねえ、父上」

駿太郎が父親の小籐次に考えを求めた。

「駿太郎、そなた、舟中での夕の話をどう聞いておったな。ものを創る人間はな、独りで悩み苦しみ、答えを探し出すのだ。われら、研ぎ職人とは違う。おりょうが、『出来ました』とわれらに告げたとき、拝見すればよいではないか」

「お鈴さんも母上の仕事ぶりを見ていないのですか」

「五つ半（午前九時）から八つ（午後二時）の刻限まで独り座敷に籠っておられます。私は見ずともおりょう様の描かれる『鼠草紙』が頭に浮かびます」

「えっ、見ずとも分かるの、お鈴さんは」

「駿太郎さん、私が頭に思い描いたことは、完成した折にはきっと裏切られます。それほど素晴らしいものが出来ると信じています」

「うーむ、お夕姉ちゃんの話といい、お鈴さんの話といい、今日は駿太郎が分からぬことばかりだ」

駿太郎は船着場で唸り、クロスケとシロがその周りを飛び回るのを見て、

「おまえらは考えごとがなくてよいな」

といった。するといよいよ二匹の飼い犬は飛び跳ねて回った。


この日、おしんの使いが来て書状を置いていったとおりょうに告げられた小籐次は、その文を披いて独り熟読した。

そのあと、囲炉裏端に行った小籐次は、囲炉裏の火でおしんの文を燃やした。

その行為を皆が見ていた。だが、小籐次はなにも説明をしなかった。

おりょうは未だ面倒が続いていると感じた。夫婦はそれだけで事が足りた。


この夕、望外川荘ではおりょうにお鈴にお梅にお夕と女子衆が四人に、小籐次と駿太郎の男が加わり、囲炉裏端で談笑しながら賑やかな食事となった。

酒を酌み交わすのは小籐次とおりょうだけだ。

「本日の仕事始めはいかがでしたか」

おりょうが最前の書状を燃やした行為を忘れたかのように質した。

「さあてのう、芝口橋には大黒舞やら傀儡師が、口上やら俗謡ごときものを歌いながら往来するが、われらの研ぎ場は静かなものよ」

と小籐次がおりょうに答え、

「母上、私は父上ほど研ぎに集中できません。ゆえに橋を往来する年始客や正月芸人の口上や舞をちらりちらりと見て、正月気分を味わっています」

「なんだ、駿太郎もわしと同様研ぎに集中しておると思うておったが、往来を見物する余裕があるか、明日から厳しく躾けぬとな」

と小籐次が洩らした。

「おまえ様の十三は、どのような松の内を過ごしておいででした」

「おりょう、わしの十三、四か。きびしい父親から逃げ出す算段をしていたことしか覚えておらぬな」

「品川宿の賭場などに出入りをしていたのではございませぬか」

「おお、おりょう、そのほう、わしの悪さを見ていたか」

「違いますよ、父上。お酒を飲まれると母上に昔話を始終なされます、駿太郎も承知です」

「なに、わしの悪さをすべて承知か」

「はい、承知です」

とおりょうが言い、

「それに比べれば駿太郎は私どもには勿体ないほど出来過ぎた十三の男子《おのこ》です。未だ駿太郎のお父上は、わが家のことより他人様の頼みごとに走り回っておられます、幼いころから生き方はあまり変わっておりませぬな。わが家の要は駿太郎です、躾けられるのは駿太郎ではなく赤目小籐次様ではございませぬか」

「なんと母と子が手を結びおったか」

手にしていた盃の酒をゆっくりと飲み干し、

「言われてみれば、おりょうの申すとおり、わが家の要は駿太郎じゃな。明日からしっかりと研ぎ仕事をなすでな、これまでのところは見逃がしてくれぬか」

と空の盃を差し出すと、おりょうが酒を注いだ。その脳裏には最前黙したまま燃やしたおしんからの文が残っていた。

「さあて、他人様の頼みごとを悉《ことごと》くお断りしたら、赤目小籐次が赤目小籐次でなくなりましょう。これまでのように勝手気ままにお過ごし下され。このりょうと駿太郎がこの家の要石になりますでな」

とおりょうが言い、

「おりょう、駿太郎、すまぬがこれからも宜しゅう頼む」

と小籐次が頭を下げると、黙って一家の会話を聞いていたお鈴、お梅、お夕の三人の娘たちが、ぷうっ、と噴き出した。

望外川荘の賑やかな夕餉だった。

「おお、そうじゃ、正月はあれこれと多忙ゆえな、上様の御鷹狩は松が明けた後になるそうな」

「承知致しました」

とおりょうは最前燃やしたおしんの文にこのことが認めてあったのか、と思った。だが、それは文のごく付け足し、真の話は小籐次の胸の中だけに刻まれてあると思った。

三

翌正月七日、五節句の一つ人日、総登城の日だ。

駿太郎は小舟に小籐次とお夕の二人を乗せて仕事に出た。

小舟が吾妻橋に差し掛かったとき、駿太郎は、

「父上、まずお夕姉ちゃんを新兵衛さんの長屋に送っていってようございますね。そのあと、父上と二人、深川の蛤町裏河岸に戻りましょう」

と無言で何事か思案している小籐次に質した。

「駿太郎、すまぬがわしを永代橋の西詰めで下ろしてくれぬか。そのあと、夕を新兵衛さんの長屋に送ってくれ」

「深川は駿太郎一人で研ぎをせよと申されますか」

「すまぬがそうしてくれ」

しばし間を置いた駿太郎が、

「承知しました」

と答えた。

小籐次はなぜその日予定を変えたか。

駿太郎はおしんの文に関わりがあると思った。だが、それ以上のことを聞くことはしなかった。

永代橋の西詰め御船手番所の傍らで下りた小籐次は、

「駿太郎、頼む」

とだけ願って、豊海橋《とよみばし》を渡って姿を消した。

「やはり昨日の文は赤目様呼び出しだったのね」

「お夕姉ちゃん、そうだと思います」

「芝口橋の騒ぎ、終わってないの」

さあ、と駿太郎は洩らし、

「おしんさんの考えがあたったようです」

と言い足していた。

駿太郎はお夕を新兵衛長屋の堀留に送ったあと、研ぎ道具を二組載せた小舟を対岸の深川へ向けるかどうか迷っていた。父がかような行動をとるときは、必ずや何事か起きる前触れだ、と思った。

「駿太郎さん、赤目様のことが気にかかるのね」

お夕が駿太郎に尋ねた。

「お夕姉ちゃん、おしんさんからの文を皆の前で囲炉裏の火で燃やされましたよね。用事は父上の胸の中にしかありません。きっと母上に心配かけたくなかったのだと思います」

「うちの爺ちゃんと暮らすのも大変だけど、赤目小籐次様と暮らすおりょう様と駿太郎さんはもっと大変ね」

とお夕が険しい顔で応じた。

「父上に驚かされるのは慣れています」

「心配じゃないの、赤目様は天下一の剣術家と世間ではいうわ。でも」

「新兵衛さんと同じように年寄りですよね」

駿太郎の言葉にお夕が頷いた。

「母上は父上と暮らす覚悟が出来ています。私は未だ」

と応じた駿太郎はその先の言葉を飲み込んだ。

お夕は、駿太郎の胸中の不安を考えながら、

「ありがとう、楽しかったわ」

と礼を述べて木戸口に行きかけて立ち止まり、駿太郎のところへ戻ってきた。

「深川へ研ぎ仕事にいくのは深川の人たち、承知なの」

「いいえ、父上の考えで昨日急に決まったことです」

「ならば駿太郎さん、うちの長屋で仕事をしない。赤目様のことが心配ではないの」

お夕が駿太郎の迷いと危惧を察した顔で言った。しばし沈黙して考えていた駿太郎が、

「いいかな、こちらで仕事をして」

「深川の人にはあと一日二日待ってもらいなさいな。なにかあったとき、深川にいたら知らせが遅くなるわ」

駿太郎は再び沈思していたが、

「そうします」

と応じて道具を小舟から庭へと揚げた。

「お夕姉ちゃん、新兵衛さんの研ぎ場を造っておきます」

「お願い、爺ちゃんの様子を見て連れてくるわ」

　お夕が応じて小走りにどぶ板を踏んで木戸口に向かった。

　駿太郎は昔住んでいた部屋の腰高障子を開けて、土間に畳まれている茣蓙《ござ》を二枚手にし、新兵衛が研ぎ仕事の真似をして過ごす柿の木の下に一枚を敷いた。そこへ小舟から下ろした研ぎ道具を運び、仕事の仕度をした。すると、勝五郎が顔を覗かせ、

「酔いどれ親子はこちらでお仕事ですかな」

「いえ、私一人だけです」

「な、なに、親父はどうしたよ、駿ちゃん」

　物心ついたときから承知の勝五郎は小籐次がいないと聞いて訝しがった。

「酔いどれ様はどこへ行ったよ。望外川荘で留守番ってことはないよな」

「勝五郎さん、私も父上がどちらに行かれたか知らないんです」

「お夕ちゃんを駿ちゃん一人で送ってきたのか」

　駿太郎は正直に経緯を勝五郎に告げた。

「なんだと、永代橋際で行き先も告げずに下りたと。なぜだよ」

「知りません」

と首を横に振った駿太郎は、おしんの文との関わりは勝五郎に話さなかった。

「勝五郎さん、ともかく本日はこちらで仕事をさせて下さい。長屋の包丁を研がせて下さい」

と願った。

「包丁くらいいくらでも集めてくるがよ、酔いどれ小籐次が独り勝手な動きをしているのが気になるな」

勝五郎が首を捻ったとき、お麻とお夕が新兵衛を伴い、木製の「砥石」など道具を持って姿を見せた。

「お麻さんよ、駿ちゃん一人に研ぎ仕事を任せて、酔いどれ様はどこかへ姿を隠したとよ」

「お夕から聞きました。勝五郎さん、赤目様の行いを私たちが詮索してもどうにもならないわ。それに駿太郎さんがうちで仕事をしてくれるのは助かるわ」

「新兵衛さんに仲間が出来たってわけか」

勝五郎が厠に行き、お麻が、

「駿太郎さん、お父つぁんをお願いね、その代わり手入れのいる道具は私がこの界隈から集めてくるわ。これはうちの包丁」

と菜切包丁と出刃包丁を差し出した。

「助かります」

新兵衛が研ぎ仕事を始めたのを見て駿太郎も出刃包丁から手入れを始めた。するとと新兵衛が、

「駿太郎、刃物をそう雑に動かすではない。砥石が傷むでな」

と注意した。

厠から戻ってきた勝五郎が、

「また駿ちゃんの親になりきりか、妙な感じだぜ」

「仕事の邪魔をなすでない、厠どろぼう」

と新兵衛が言った。

「ちぇっ、呆け差配に虚仮《こけ》にされちゃあ世話はねえや」

と勝五郎が嘯《うそぶ》いて長屋に戻っていった。

お麻もお夕もいなくなり、新兵衛と駿太郎は本式に仕事を始めた。

久慈屋でもいつものように朝を迎え、小僧たちは藪入りが近いので張り切っていた。

国三は店の内外の掃除を終えると、蔵から赤目親子の研ぎ姿を模した紙人形を出して研ぎ場に据えた。

いまや赤目親子人形は本物の親子が深川や浅草駒形町の得意先に仕事にいく折、研ぎ場に看板として鎮座する習わしになっていた。

「おや、国三さんよ、本日は赤目様と駿太郎さんはどこぞに出稼ぎか」

と通りがかりの職人衆が道具箱を肩に尋ねた。

「はい。本日は深川蛤町裏河岸で仕事だそうです」

「妙な親子だよな、お城のお偉い様と知り合いだというのによ、わっしらといっしょでよ、日銭稼ぎの仕事に精を出すんだからな」

「そのあたりが赤目小籐次様の人気の秘密ではありませんか」

「そうだよな、ちっともえらぶらないもんな」

「富さんも仕事に精出して下さいな」

「おうよ、働かないと釜の蓋が空かないもんな」

と近くに住む大工の富吉が応じて普請場に向かった。

この日、豊後森藩の総登城の行列は西の丸の太鼓櫓で打ち鳴らされる太鼓の音を聞きながら、一万石以上の外様大名に許された鍛冶橋を渡り、譜代大名の屋敷が並ぶ大名小路を抜け、道三堀に架かる辰ノ口を通って大手御門前広場に入った。

この日、鐺はいつものように水郁勢造の一本鐺だった。大手御門へと入っていく藩主と限られた供連れを見送り、水郁らは大手堀の前の指定された「下座敷《げざしき》」と呼ぶ敷物の上に座した。

武家方が地面の敷物一枚に座すわけにはいかぬ、ゆえに「下座敷」と呼ぶ場所に控える体裁をとったのだ。

その場合でも森藩の飾り鐺を立てて正座で待つ。正月三が日の御礼登城より大手御門前は混雑していたが、整然と座していなければならなかった。だが、半刻も過ぎると、隣りの土佐高知新田《しんでん》藩一万三千石の山内家の鐺持ちが、

「本日は、赤目小籐次どのは随行されておりませんか」

と残念そうな顔で水郁に囁きかけてきた。

「なんのことでござろうか。当家の鐺持ちはそれがし一人にござる」

「とお答えなされよと重臣、いや、公儀の筋から命じられたかな」

「いや、そなた様の申されることが皆目見当つきませんでな」

水郁は潜み声で応じた。

二人の会話にその近くの大名家の供侍が聞き耳を立てていた。

「すでに読売に書かれて江戸じゅうが承知のことでござるぞ」

「と申されても……」

「見当がつかぬと申されるか。正月二日、御礼登城の行列の御鑓は何本でございましたかな」

山内家の鑓持ちは退屈しのぎに執拗に質した。

「見習鑓持ちを加えましたで、異例の二本鑓にござった。ただしどなた様もご存じのとおり、見習は人数に加えません」

と水邨は思わず答えていた。

「その見習鑓持ちが豊後森藩と関わりが深い赤目小籐次どのということは、読売に名は出なくとも江戸じゅうが承知のことでござろう」

「さ、さようなことは」

「ござらぬと否みなさるか」

「それればかりは」

「森藩の家中のお方が経緯を話されるのは差し障りがございますかな。ならば、それがしが知ることを述べてようござるか」

水邨勢造は重臣に、

「正月二日の御礼登城に見習鑓持ちが加わっていたなどということはない。ましてや、芝口橋にて不埒な剣術家に襲われた騒ぎなどなかったのだ、分かったな、水邨」

ときつく口止めされていた。

「用人様、芝口橋のことは行列の前後の他藩の方々、また御礼登城の見物人が大勢ご覧になっておられ、そのことは読売にも書かれて江戸じゅうが承知のことでございますぞ。いえ、それがし、さようなことを口外する心算はございませぬ。されど他藩の方から質された折は、なんと答えればようございますか」

「そのほうが見習鑓持ちに飾り鑓の動きなど指導したこともなければ、そもそも赤目、いや、見習鑓持ちなどおらなかったことじゃ、知らぬ存ぜぬで押し通せ」

「はっ、畏《かしこ》まりました」

と水邨は答えざるを得なかった。

ゆえに否定し続けたが山内家の鑓持ちは執拗であった。

「ご同輩、何年前のことでござったかのう。ご藩主の名は上げぬが、詰の間で四家の大名方に辱めを受けたそうな。その直後、それを聞き知ったご当家の厩番赤目小籐次どのが藩を辞し、旧主を辱めた四家の大名行列の御鎗先を次々に切り落とし、旧主の無念を見事に晴らされたことがござったな。この事実もそなたは知らぬと申されるか」

「いえ、それは」

「承知じゃな」

「まあ、世間の噂で」

「ご存じか」

と念押しした山内家の鎗持ちがさらに畳みかけた。

「つまりじゃ、本正月二日、芝口橋で行われた鎗先頂戴騒ぎはその折の勲を真似たものではござらぬか」

「さような問いにそれがしは答えられませぬ、ご勘弁下され」

「ならばそれがしが勝手にお話し致そう」

山内家の鎗持ちは周囲の供侍の耳目を集めていることを承知していて益々張りきり、とくとくと話を続けた。

「それがし、西国のさる大名家の知り合いに質したところ、『当家では芝口橋の騒ぎは一切関知しておらぬ、迷惑な話でござる』との返答を得た。ということは、ご当家森藩になんぞ曰くを持つ者が仕掛けた新たなる『御鑓頂戴』騒ぎではござらぬかな」

「……」

水邨勢造はもはや無言を押し通した。

「だれぞが曰くを持って動いたことを察したゆえ、ご当家では今や武名高い赤目小籐次どののご出馬を仰いだということではござらぬか。であろう、水邨どの」

と相手はこちらの姓まで承知だった。

水邨はひたすら無言を押し通した。

「そなたの見習鑓持ちどの、なかなか鮮やかな竿さばきにて豪刀を振りかぶった相手を一撃のもとに欄干を超えて御堀に突き落とされたそうな。赤目小籐次どのの来島水軍流には、竿を使った技があるそうじゃな。いやはや、それがし、この眼で見とうござった。そなた、赤目小籐次どのの見事な竿さばきを近くでご覧になったな、どうであったな、呼吸というか動きというか」

「なにかのお間違いではございませぬか。われら、ただ芝口橋を何事もなく通り過ぎただけにござってな」

「ほうほう、こたびの一件、豊後森藩は無頼の剣術家に襲われ、見事に見習鑓持ちどのが撃退なされた。豊後森藩になんら瑕疵《かし》などございますまい。それどころか、さすがはかつて伊予の海に武名を馳せた来島水軍の末裔の大名家、また新たなる誉を加えられたのですぞ、誇ってよい騒ぎにござる」

水邨勢造は、相手の口が閉じるのを待った。

「それがしな、本日、ご当家の見習鐺持ちどのに会えると思うて楽しみにして参った。時折見習鐺持ちどのを随行して下され」

との囁き声で相手は喋るだけ喋って満足したようだった。

水邨は小さく、ふっと息を吐いた。

新兵衛長屋では駿太郎と新兵衛が競い合うように仕事をしていた。

時折、お麻が新兵衛の様子を伺いにきたが、亭主の桂三郎が拵えた木製の「砥石」でいつもより穏やかな顔で木刀を研ぐ父親を井戸端のところから見て、ほっと安堵の息を洩らした。そのお麻に、

「新兵衛さん、えらく殊勝でさ、駿太郎ちゃんを自分の倅だと思い込んでいるよ、研ぎ方を教えているあの口調はさ」

勝五郎の女房のおきみが言った。

「駿太郎さんは赤子の折にこの長屋に連れてこられたんですものね、長屋じゅうが身内、お父つぁんにとってみたら、お夕と同じように実の孫と思い込んでも不思議はないわ」

「うちのがよく言うんだよ。新兵衛さんはおれたちを誑かしているんじゃないかってね、ほんとうはすべて分かっているんじゃないかってさ」

「おきみさん、それはありませんよ、お父つぁんの呆けは静かにですが確かに進んでいます。私はこの長屋が久慈屋の家作であったことを運がよかったと思っております。あのようなお父つぁんを皆さんが受け入れて下さっているんですもの」

「お麻さんさ、久慈屋もそうだけど、この長屋に赤目の旦那が住まったことも新兵衛さんによかったよ」

「いかにもさようです。その赤目様をこの長屋に住まわせなさった久慈屋の隠居の五十六《いそろく》様のおかげですよ」

とお麻が言い切り、

「私たちも新兵衛さんの様子見ているからね、大丈夫だよ」

とおきみが応えていた。

「駿太郎、そのほう、なにになりたいな」

と不意に新兵衛が駿太郎に質した。

研ぎの手を休めてしばし考えた駿太郎が、

「父上と母上の子であればそれでようございます」

と答え、

「うんうん」

と新兵衛がまるで小籐次のように満足げに頷いた。

四

五節句の一つ、人日の総登城の退出の合図が、西の丸の太鼓櫓から江戸の町々へと鳴り響いた。

正月三が日の御礼登城以上の大名、直参旗本らが行列を連ねて大手門や内桜田門を出た。

町屋や旗本屋敷を訪ねていた、烏帽子大紋姿で腰に大小を差した三河万歳、編笠を被った若い女の鳥追、大黒に扮して面を被り頭巾をつけた大黒舞、人形を抱え腰鼓を叩きながら芸をさせる傀儡師などは、下城する大名行列を避けて町屋に入り込み、行列が通り過ぎるのをしばしやり過ごすしかない。

賑やかな正月芸人の門礼《かどれい》は松の内の江戸にお馴染みの光景だった。だが、大名諸家が続々と下城となると商売にならない。そんな幾組かの正月芸人たちが芝口橋の南詰めにもひと休みしていた。

芝口橋を大名行列が次々に帰邸のために渡っていく。

久慈屋では手代の国三が店頭に飾った赤目小籐次と駿太郎の人形が、そんな行列を見送っていた。

人日の行列が通り過ぎるのを待ちながら、草臥《くたび》れた羽織袴で真っ赤な顔をしたいささか遅い年始参りたちが、

「おう、赤目様よ、今年はよ、ちったあ景気をよくしてくれないか。こう在所からたくさんのよ、逃散者が流れこんできちゃ、江戸じゅうが仕事にあぶれているぜ」

とか、

「酔いどれ様の威光でよ、江戸の町々をこざっぱりさせてくれませんかね」

と言いながら小籐次人形の白髪頭を撫でていた。

「年始参りのお方、人形に触らないでくださいな、うちの大事な看板ですからね。いえ、お賽銭もお断り申し上げます」

国三が赤目親子の研ぎ人形に触れる年始客を穏やかに窘《たしな》めていた。

「手代さんよ、ほんものの赤目様親子はどこで稼ぎだね」

「本日はご覧のように七草にして総登城でございます。ためにうちを避けて深川蛤町裏河岸で研ぎ仕事をなさっておられますよ」

「ふーん、久慈屋の店先に本物がいないとよ、江戸の景気に差し障るな。早くふだんの暮らしに戻ってくれないかね」

「歳月の流れはいつの年もだれにも等しゅうございます。それにしても皆さん、年始参りにしては遅うございますね」

手代の国三の口調は如才がなかった。

その対応を昌右衛門と観右衛門の主従が帳場格子の中から見ていた。互いの胸には来年にも見習番頭に昇進させられるのではないかという考えがあった。

「三が日にな、風邪をひいて寝込んでいたからさ、七日正月に得意先に挨拶廻りだ。こんな風じゃ、今年も商いはよくないかね」

国三に愚痴めいた言葉を一人が洩らした。

「久慈屋さんだってよ、佃煮にするほどの大名行列に橋を占領されちゃ、商いに差支えがあるだろう」

と別の年始参りの男が尋ねた。

「まあ、正月の御礼登城、五節句の総登城は、毎年の習わしでございます。致し方ございません」

「そうだよな、こちらは紙問屋だ。大名方や大身旗本も客だもんな」

「はい、大名家、直参旗本、神社仏閣、大店がうちの得意先でございます」

年始客は表通りを避けて三十間堀の河岸道へと回る心算か姿を消した。

御城の南側に江戸藩邸を持つ大名家の行列が下城の太鼓の音を聞きながら、どことなくほっと安堵したような顔付きで芝口橋に姿を見せた。

そんな光景を正月芸人が手持ち無沙汰に見つめていた。

大黒舞はふつう吉原で商いをなす。正月の六日より二月の初めくらいまで各楼を訪ねて年始の嘉悦の詞を即興で歌い、舞い、鳥目《ちょうもく》を頂戴した。だが、御堀向こうの大黒舞は吉原に馴染みがないのか、江戸の町へと流れてきた連中らしい。ともあれ総登城の道筋のお店はどこも商いにはならなかった。

退屈したのか、人形まわしの傀儡師の一人が腰鼓を、
ぽんぽん
と打ち鳴らし、
「すいちょうえいちゃ、すいちょうえいちゃ、すいやいすいやい、みんちゃんみんちゃん、おてぎゃん、そうはらぎゃんそう」
と訳の分からない言葉を連ねて歌い、
ぽんぽんぽん
と合いの手を入れた。
「手代さんよ、酔いどれ様親子は休みかえ」
ふっと現れた読売屋の空蔵が久慈屋の店先で国三に尋ねた。
「もう一人、仕事にならないお方のお出ましですね。赤目様親子は、本日は川向こうでお仕事です」
「おお、総登城を避けたか。おれだってお城帰りの大名行列は縁起が悪いや、読売にしたって売れないもんな。なんぞ大騒ぎが起こらないかね」
と溜息を吐いた。
「読売屋を儲けさせるネタはそうそう芝口橋付近には転がっておりませんぞ、空

蔵さん」

帳場格子の中から大番頭の観右衛門が空蔵に声をかけてきた。

「大番頭さんよ、赤目小籐次ネタであれこれと稼ぎはしてきたが、御礼登城はダメでしたね。ああ、あれはダメこれもダメと禁じられるばかりでは、空蔵の腕もさえませんよ。あるいは赤目ネタの神通力も薄れたかね」

と空蔵がぼやいた。

「空蔵さんよ、赤目様の神通力が薄れたんじゃねえやな、おまえさんの筆が衰えたんじゃないか」

と新たに大名行列の通過が途切れるのを待とうと思ったか、古着屋の集まる富沢町の担ぎ商い風の男が空蔵に言った。

「そんな馬鹿な、空蔵の筆はさ、年々歳々円熟味を増していますよ。赤目小籐次が老いたりってわけだね、富沢町のお方」

と空蔵が言ったとき、
わあっ
という歓声が上がった。

「豊後森藩の大名行列だぜ」

「本日の飾り鑓は一本だな」

と表通りから声が聞こえてきた。

芝口橋を渡る大名行列はしばし途切れていた。そこへ正月二日に御鑓頂戴騒ぎに見舞われた森藩の下城の行列が差し掛かったというわけだ。

空蔵が久慈屋の前から橋詰めに出てみると、行列の先頭に飾り鑓が立てられているのが見えた。

「鑓持ちの水邨勢造さんよ、安心していきな、『御鑓頂戴』騒ぎは二度とはねえからよ」

と気安く空蔵が声をかけた。

水邨も藩の体面と先日の騒ぎもあって険しい顔で正面を向いていたが、ちらりと空蔵を見て会釈を返した。赤目小籐次と読売屋の空蔵が昵懇の付き合いがあることを知っていたからだ。

空蔵も会釈で応じて鑓持ちの水邨が視線を前方に返したとき、
あっ
と驚きの声を洩らして一瞬身を竦ませた。

白鉢巻に白襷《しろだすき》と黒衣の戦仕度の七人が抜刀した白刃を構え、もの凄い形相で森

藩の行列に襲いかかろうと走り寄ってくるのが見えた。そして、先頭の一人が、

「森藩久留島家の飾り鎗、頂戴致す！」

と叫んだ。

「ああー、御礼登城の騒ぎ再びか」

と空蔵が叫んだ。

決死の七人の面々の形相を見た空蔵は、二日の小田切某がこの七日の総登城の襲撃の捨て駒であったと咄嗟《とっさ》に考えた。だが、もはや森藩には、見習鎗持ちの赤目小籐次はいなかった。こんどばかりは、

「やられた」

と思った。

そのとき、
ぽんぽんぽん
と河岸道で休む傀儡師の腰鼓の音が響いて、頭巾を被り、面を被った大黒舞の一人が七人の決死隊の前に、ふわりふわりと舞い踊りながら姿を見せて立ち塞がった。

空蔵は大黒舞の腰に見慣れた一剣があることを認めた。

（まさか酔いどれ小籐次が）

と思ったとき、先陣を切った一人が抜き放った刀を振りかぶり、

「邪魔を致すでない！」

と叫ぶと大黒舞に斬りかかった。

大黒舞も腰の剣を抜き放つと、猛然と斬りかかってきた刀を躱《かわ》し、反対に鮮やかな流し斬りに屠《ほふ》った。

ぽんぽんぽん
と傀儡師が腰鼓を打ち、大黒舞がひらりひらりと六人になった刺客に立ち向かった。剣が翻るたびに一人ふたりと斃《たお》れていった。襲撃者は数瞬の間に四人へと減じていた。

空蔵は襲撃者に立ち向かう大黒舞がだれか、もはや承知していた。

豊後森藩の鑓持ち水邨勢造も大黒舞が何者か承知していた。

四人目は一番巨軀で八双から小柄な大黒舞に向かって豪剣を斬り下ろしたが、
ふわり
と躱された。

巨軀が、

「そなたら、飾り鎧を奪え」

と残る三人に命じた。

この者が決死の七人の頭分であった。それは落ち着いた言動が示していた。

森藩の行列の先頭に近習頭の池端恭之助が姿を見せて、

「無法を為す者は成敗致す」

と宣告すると刀を抜き、三人の相手の前に敢然と立ち塞がった。

大黒舞はそれを見て眼前の巨軀の剣術家に集中した。

相手もまた刃渡り二尺八寸はありそうな豪剣を構え直すと、ぶん、と刃が芝口橋の春風を切り分ける音がして、大黒舞の脳天に迫った。だが、それも大黒舞に避けられた。

大黒舞と巨軀の剣術家は改めて間合い四尺で一瞬睨み合った。次の一撃がどちらかを斃すと二人は分かっていた。

一瞬早く襲撃者は大黒舞の眉間に豪剣を叩きつけた。

先《せん》の先《せん》だ。

迅速の剣さばきだった。

空蔵は一瞬、大黒舞がやられたと思い、

「南無三」

と洩らしていた。

だが、大黒舞は素早く巨軀の剣者の動きを見て、刃鳴りを耳にしながら喉元へ斬り上げた。

(おー、やった)

と空蔵は胸の中で叫んでいた。

後《ご》の先《せん》の刃が、襲撃者の喉へと寸毫《すんごう》早く届き、
ぱあっ
と血飛沫《しぶき》を橋上の虚空にまき散らした。

一瞬、なにが起こったか分からぬ、という表情を見せた襲撃者が恐怖の顔に変わり、ゆらりとよろめくと次の瞬間、巨木が倒れるように橋の上へと倒れ込んでいった。

ぽんぽんぽん
と傀儡師の腰鼓が鳴った。

その瞬間、池端恭之助も飾り鎧を守りながら、一人の襲撃者の胴を深々と抜いていた。そして、残る二人に立ち向かおうとした。

そのとき、襲撃者の中でも頭分と思える巨軀の者が大黒舞の刃に斃されたのを見た。

すでに決着はついていた。

「そなたらの企て、もはや失敗致した。それでも当家の飾り鎧が欲しいというならば、それがしと大黒舞どのがそなたらの命を奪う、容赦はせぬ」

池端恭之助が凜然とした声で宣告した。

襲撃者七人のうち五人が斃されていた。

生き残った二人が顔を見合わせると、芝口一丁目の方角へと逃げ去っていった。

それを確かめた池端が大黒舞へと視線を移した。だが、いつしか大黒舞の姿も消え、御堀の河岸道の方角から、

ぽんぽんぽん

と腰鼓の音がして遠のいていった。

池端恭之助は刀に血ぶりをくれて鞘に納めると、正月芸人一行が消え去った方角へ一礼した。そして、

「豊後森藩総登城の邪魔者の始末、町方衆、宜しくお願い申す」

と声を張り上げると、

「下城行列、粛々と進行せよ」

と命じた。

すると森藩の行列の背後にあった他藩の下城行列の間からざわめきが起こり、段々と大きくなっていった。

空蔵は、ただ今眼前で起こった光景を、どうしたものかと迷った。が、それは一瞬で、

（読売屋は読売を書くのが務めなり）

と思い直し、

「久慈屋さんよ、店座敷を貸してくれないか」

と飛び込んでいこうとした。が、赤目小籐次と駿太郎の人形の前で立ち止まり、
ぱんぱん
と柏手を打って気持ちを新たにした。

「空蔵さん、なにをしていなさる、早く仕事をしなさらんか」

「大番頭さん、気持ちを鎮めているんだよ。おれが今見た斬り合いは夢じゃねえよな、現《うつつ》のことだよな」

「安心なされ。ほれ、橋上で難波橋の親分方が斬られた五人の始末を始めておら

れますよ」

後ろを振り返った空蔵が、

「よし、こんどばかりは売れる読売を書くぞ。おりゃ、首を刎《は》ねられてもいい、大黒舞が何者か、はっきりと書いてやる」

「おお、その意気です。無法者は、あの七人、いえ、二日の御礼登城のお方もございますで、八人の人たちを唆した者が背後に控えておりますぞ。それをな、調べてお書きなされ」

と観右衛門が言い、

「よし、店座敷を借りて『芝口橋御鎧頂戴騒ぎ』二幕目を書きますよ」

と姿を消した。

「ほれ、手代さん、小僧さん方、秀次親分の手伝いをなされ。骸《むくろ》が橋の上に放置されていたんでは、後に続く大名方の行列が芝口橋を通れませんよ」

と観右衛門が命じたとき、三和土廊下から水が入った木桶を提げ、雑巾を小脇に抱えて国三が店から飛び出していった。それに続けとばかりに久慈屋の奉公人たちが芝口橋を清めるために向かった。

久慈屋の店は昌右衛門と観右衛門の二人だけになった。

「大黒舞とは考えられましたな」

と昌右衛門が帳場格子の中から独りごとを呟いた。

「旦那様、久慈屋の御先祖は芝口橋際に店を構えることをようも考えられましたな。お陰様で帳場格子の中にいても橋上の騒ぎが見物できます。全く退屈はしませんよ」

「大番頭さん、身罷《みまか》られたお方もございますよ」

「これは情なしにも不謹慎なことを口走ってしまいました」

「なぜ森藩の飾り鎧を頂戴しようと考えられたか、空蔵さんの読売が、世間に知らしめてくれることを願うばかりです」

昌右衛門の言葉にしばし気持ちを落ち着けた観右衛門が、

「どこまで真相に迫れましょうかな」

と答えたところに、二人しかいない久慈屋の店におしんが姿を見せた。

「おしんさん、読売屋の空蔵さんも私どもも見ておりましたよ」

「空蔵さんが見ておりましたか。それはなによりでした。こたびばかりは膿をすべて出さぬといつまでも騒ぎが続くことになりますね」

と厳しい顔で言った。

「どなた様かの胸三寸で事が決まりましょうね」

と続けたおしんが、

「空蔵さんにお会いしてきます」

と言って店座敷に姿を消した。


「てえへんだよ」

長屋の住人の一人、棒手振りの吾助が新兵衛長屋の差配の家に姿を見せた。

「どうしたの、吾助さん」

と差配のお麻が尋ね、作業場で錺職《かざり》の仕事をしていた桂三郎も、

「なにかございましたか」

と質した。

「芝口橋の上でまた斬り合いだ。ほれ、赤目様の旧藩の行列に『御鑓頂戴』と切り込んだ者がいるんだとよ」

「それで森藩の御鑓はどうなりました」

桂三郎が落ち着いた声音で質した。

「なんでも大黒舞とさ、森藩の家臣が襲いきた者たちを斬り捨てたとよ。一体全

体どうなっているんだ」

「大黒舞、ですか」

「おおさ、桂三郎さん、面と被りものをしているからよ、人相はだれも見てないんだと」

「さようでしたか」

といよいよ安心した体の桂三郎が仕事へと戻っていった。

その様子にお夕は、なんとなく大黒舞が何者か分かった気がして、師匠の顔を眺めた。が、それはもはや職人の顔でお夕が話しかけることはできなかった。

第四章　道場稽古

一

数日後、赤目小籐次と駿太郎の親子は、深川の蛤町裏河岸の水辺の狭い板が突き出した船着場に研ぎ場を構えていた。反対側には角吉《かどきち》の野菜舟が止まり、春野菜に女衆が群がっていた。

水辺に梅の香りが漂い、新春の穏やかな陽射しが降っていた。

この船着場に小籐次と駿太郎の研ぎ舟が仕事にくるのは今年になって二日目だ。この界隈の客たちも小籐次の多忙を承知していた。だが口では、

「おい、赤目様よ、来たり来なかったり、当てにならないことをしていちゃ、商いにならないぜ。もちっと精出してくれないとな、この界隈の得意先をなくす

ぜ」

とか、

「爺様は駿太郎さんにおんぶにだっこ、おまえさんは世直し大明神とかよ、奉られて世間様の頼みには熱心だが、こんなこっちゃ、おりょう様にも駿太郎さんにも愛想をつかされ、逃げられるぜ」

とかずけずけと当人に向かって手ひどい文句を言った。小籐次は、

「いかにもお得意様をないがしろにして、申し訳ないこと甚《はなは》だしい。心を入れ替えて相務めるで、前のとおり仕事をさせてほしい」

とひたすら詫びて頭を下げた。

むろん客たちも本気で言っているのではない。

小籐次が蛤町裏河岸に研ぎ舟を着けて、仕事をしているのが嬉しくてたまらないのだ。大川を挟んで川向こうの江戸とこの深川界隈は、人情味が違った。

「まあ、小言はそれくらいにしてさ、赤目様をこの蛤町の船着場に引き留めておく算段を考えようか」

と言い出したのは竹藪蕎麦の美造《よしぞう》だ。

「親方さ、そんな知恵があるかい。ふらっと南町奉行所の同心やら、美形だが得

体のしれない女衆が姿を見せてさ、酔いどれ様を連れていくことにならないかね」

と馴染みの女衆は言い、ちょうど来合わせた曲物師《わげもの》の嫁のうづが、

「おばさん、そう赤目様を苛めないの。当人のお考えなど無視して世間様が赤目様のお力を借りたいのよ。それも大半がただ働き、私たちと付き合ってくれることを有難く思わなきゃ」

「その世間様とは川向こうのことだろ、あちらは計算高いからね」

「なんとも答えられないわね」

「うづさんさ、そりゃ分かっているのさ。だけど酔いどれ様も随分齢をとったよ。偶には須崎村に落ち着いておりょう様の傍らでのんびりと隠居のように過ごすがいいじゃないか。川向こうの願いばかり聞いてふらふらしていちゃ、ほんとうに望外川荘からおん出されかねないよ」

「それはないわ。おりょう様と赤目様は相思相愛なのよ。おりょう様が屋敷奉公に出た十六歳のその日から赤目様はおりょう様を天女様のように崇め、おりょう様も赤目様の度量を承知で所帯を持ったのよ。こんな夫婦ってある」

そんな話が研ぎを続ける小籐次と駿太郎の前で展開された。だが二人は耳を貸

す風もなくひたすら刃物研ぎに没頭していた。

「うづさんさ、酔いどれ様とおりょう様は所帯をもったとき、祝言を挙げたのかね。うづさんなら承知だろ」

不意に思い出したように、女客の一人が角吉から買い求めた大根を手に言い出した。

「さあ、どうかしら、私たちの仲人を務めてくれたときはまだ夫婦じゃなかったわよね」

と首を傾げたうづが、折しも包丁の研ぎを仕上げた駿太郎に、

「駿太郎さん、赤目様とおりょう様は祝言をお挙げになったのかしら」

と尋ねた。

「父上と母上が祝言を挙げたかですって。倅の私には覚えがありません」

と駿太郎が答え、

「父上、母上と祝言を催されたのですか」

と小籐次に尋ねた。

「うむ、わしとおりょうが祝言をなしたかどうかと聞きおるか」

「はい、皆さんがお尋ねです」

「研ぎ屋爺と歌詠みの二人じゃぞ、それも親子ほどに齢も離れておるわ。晴れがましく祝言を挙げた覚えはないな」

と小籐次は応じながら、思い出していた。

久慈屋の当代の昌右衛門とおやえが祝言を挙げた明け方、おりょうは芝神明社に差し掛かったとき、

「赤目小籐次様、二人だけでお参りしていきませぬか」

と小籐次を誘った。そして、拝殿の前でおりょうが小籐次も驚くべき言葉を口にしたのだ。

「大神様に申し上げます。今朝、この場にある赤目小籐次と北村りょうの永久《とわ》のちぎりのために、かく詣でました。末永く二人をお守り下さいませ」

と願い、ためらいながら小籐次もその願いに、

「生涯をかけておりょう様をお守り申す。芝神明のおん前に誓う」

と応じて夫婦の誓いをなしたのだ。

祝言と呼ぶならあの荘厳な一瞬だろう。だが、このことは小籐次とおりょうの二人だけの秘め事だった。

「ふーん、祝言を挙げてねえとなると、酔いどれ様とおりょう様はくっつき合い

か」

と美造親方が洩らした。

「まあ、そんなものじゃ。なんぞ差し障りはあるかな」

「ねえな、晴れがましい祝言を挙げた夫婦が別れることもある。一方くっつき合いの酔いどれ夫婦の仲はよし、賢い倅の駿太郎さんはいる。こればかりは分からないよ。これ以上の身内はないよな」

「これ以上のことを神様に願うと罰があたるな」

と小籐次も答えた。

「と、当人がいうんだ。爺様とおりょう様はくっつき合いと決まった」

竹藪蕎麦の美造親方が宣言して、その場の小籐次とおりょうの祝言話は終わった。

小籐次と駿太郎は昼餉を美造親方の竹藪蕎麦で馳走になり、昼過ぎからは小舟を魚源の永次親方の店に回して、水面を煌《きら》めかせる陽射しの下で仕事を続けた。

八つ半（午後三時）の頃合い、南町奉行所の定廻り同心の近藤精兵衛と難波橋の秀次親分の二人が猪牙舟に乗って姿を見せた。

「父上、近藤様と秀次親分がお出でです」

駿太郎の声に顔を上げた小籐次は、二人が乗るのが町奉行所の御用船ではなく、顔の表情もなんとなく穏やかなことを見て、

「頼み事ではない」

と判断した。とはいえ安心はできないとも思った。

「赤目様、仕事先まで押しかけました。本日は御用の筋ではございません、ご安心下さい」

と小籐次の危惧を察した近藤が言った。

「町奉行所の同心どのと難波橋の親分が深川まで遠出してこられて、御用の筋ではないというか。却って気味が悪いな」

「そう申されますな。偶には常日頃世話になる赤目様親子に一つくらいお役に立ちたいと思いましてな」

と近藤が付け加えた。

「役に立つとな、なんであろうな」

「去年の暮れでしたか、この江戸で若い剣術家が台頭して、道場に大勢の門弟衆が集まって切磋琢磨しているという話が、中田新八どのの口から出ませんでしたか。望外川荘の大晦日の夜かな」

「近藤様、北辰一刀流の千葉周作先生、無念流の斎藤弥九郎先生方の話ではございませんか」

と駿太郎が目を輝かして応じた。

「おお、覚えていましたか。その話を中田どのから聞きましてな、それがし、御用にて桃井道場を訪ねる用事がございまして久しぶりに桃井先生とお会いしました。そこで赤目小籐次様の一子駿太郎さんが町道場に関心を示しておられると話しましたところ、桃井先生はえらく興味を示されましてな、『ぜひ赤目小籐次様、駿太郎様親子をお連れ下さい』と反対に願われたのですよ」

近藤の言葉に上気した駿太郎が、

「父上」

と小籐次の顔を見た。

「駿太郎、江戸の町道場の稽古を見たことはなかったな」

「はい。私が知るのは森藩など大名家の藩道場、丹波篠山の藩道場の稽古くらいです」

「見物したいか」

「はい」

駿太郎の返答を聞いた小籐次が、

「近藤どの、われら親子が見物に参ってよかろうか」

「それがしが案内を務めさせて頂きます」

と満足げな表情で近藤が約定した。

「いささか急とは思いますが、明日は具足開き、桃井道場も初稽古で大勢の門弟衆が集まります。どうですか、明朝五つ（午前八時）は」

「父上、宜しいですよね」

駿太郎は興奮の体で小籐次に願った。

しばし考えた小籐次が、

「こちらの仕事の前に参るか」

と許しを与え、尋ねた。

「桃井道場はどこにあるかのう」

「八丁堀と三十間堀と楓川《もみじ》がぶつかる辺りを、土地の人間はアサリ河岸と通称していましてな。南八丁堀に道場があるせいで、われら町奉行所の与力同心や子弟が門弟に多いのです」

「確か、町奉行所の子弟が多いと聞いたな。当代はおいくつかな」

「二代目が文政二年に身罷られた折に三代目を継がれ、ただ今は三十代半ばを過ぎた年齢でございます」

と答えた近藤が、

「赤目様、桃井道場の二代目の桃井春蔵直一様も当代の直雄先生も剣術に秀でた技量はございませんぞ。他流試合にはよう負けるので剣術界では悪評が立っております。されどなぜか門弟は多く、それがしも桃井道場の門弟でございます。ですが、最近は御用に追われて稽古に行けず、桃井先生にこっぴどく叱られました。ともかく赤目小籐次、駿太郎親子が見物に来るというと先生は大喜びでございました」

とこんどは苦笑いした。

小籐次は、剣術家桃井直雄がどんな人物か、近藤の話ではいま一つぴんと来なかった。が、わが眼で見るしかあるまいと思った。

「近藤様、明朝五つ前に楓川の弾正橋付近に小舟をつけます」

「それがしも弾正橋に迎えに出ます」

とお互いが請け合った。

小籐次は駿太郎の喜ぶ顔に、父親が師匠ではやはり物足りなかったのかと反省した。

「駿太郎さん、稽古着でお出なさい」

「えっ、入門もしていないのに稽古が出来ましょうか」

「桃井先生は寛容なお方です。ましてや天下の赤目小籐次様の嫡子、稽古くらいお許しになりましょう」

と近藤が言い切った。

「父上、明日が楽しみです」

「父と稽古ばかりでは飽きておったか」

「そういうわけではございません」

とにこやかな笑い顔に秀次親分が、

「駿太郎さんは剣術が好きなんですね。まあ、実父の須藤様も育ての父親も一流の剣術家ですからな、氏も育ちも一級、ひょっとしたら驚くのは桃井道場ではございませんか、近藤の旦那」

「かもしれぬな」

と近藤も秀次の言葉に首肯した。

駿太郎は研ぎ終えた道具を古布に包み、魚源の永次親方の店へ届けに行くという。どうも昂奮を押さえきれない様子だった。

「駿太郎、親方に渡す前に清水で研ぎ終えた道具を洗うのじゃぞ」

「はい。研ぎが気に入らなければ研ぎ直すと申し添えればようございますね」

小籐次が駿太郎の言葉に頷き、駿太郎が包みを抱えて河岸道に上がっていった。

それを見送った小籐次が、

「近藤どの、この話を中田新八どのに聞いたと申されたな、他になにか言付けはなかったかな」

近藤と秀次が駿太郎を喜ばすためだけにわざわざ深川まで訪ねてきたとは、小籐次には到底思えなかった。

「中田新八どのにお会いしたのは昨日のことでございましてな、近々芝口橋の一件の目途はつこう。その折に報告に参ると伝えてくれぬか、と申されました」

「芝口橋の一件のう」

と小籐次は応じたがそれ以上の言葉はなかった。

「大黒舞と森藩近習頭の池端恭之助様が始末した五人のその後をご存じですか」

と近藤が小籐次に尋ねた。

「大黒舞が斬り捨てた七人の頭分、猪子《いのこ》大積《だいせつ》は上州無宿の剣術家にして戸田無敵流なる剣術の達人でございました、この者は大黒舞の一撃にあの場で即死です。手下の二人が医師の手当の最中に身罷り、残り二人が深手にございました。逃げた二人は翌日に捕まり、野州無宿の浪人者板垣清助、美濃部辰五郎と名乗ったそうです。それ以上のことは知らぬ存ぜぬ、『われら、猪子どのの命で森藩の御鎧頂戴に加わった』としか、町奉行所の調べに白状致しませせぬ。その後、大目付に身柄が移されましたで、正月二日の騒ぎ同様に全容が知らされておりません」

と近藤が説明した。

小籐次はただ頷いた。

「空蔵もかような騒ぎがなぜ二度も繰り返されたか、調べておるようですが、未だ読売は出ておりません」

と秀次が言い添えた。

駿太郎は草餅を手に小舟の研ぎ場に戻ってきた。

そのときにはもはや近藤精兵衛も秀次親分の姿もなかった。

「父上、草餅を四つ頂戴致しました。近藤様も親分もお帰りですか」

「帰られた」

「用件は桃井道場のことだけですか」

「いや、七日の一件を話していかれたが、要領を得ない話であった」

あの日、駿太郎は父との約定を破って深川には行かず、新兵衛長屋の庭先で新兵衛といっしょに研ぎ場にて半日を過ごした。

昼過ぎ、桂三郎と長屋の住人で棒手振り稼業の吾助が姿を見せた。

「駿太郎さん、こちらに赤目様は見えておられませんか」

「父上ですか、いえ」

「駿ちゃん、おまえさん、芝口橋の騒ぎを聞いたか」

と吾助が未だ上気した体で尋ねた。

「なにかありましたか、吾助さん」

「また森藩の行列が襲われたんだよ」

えっ、と駿太郎は驚きの声を発し、咄嗟にこの一件に父は関わりがあるのかないのか考えた。

「こんどは七人の武芸者が森藩の飾り鎧を奪おうとしたんだよ」

「どうなりました」

「そこだ。大黒舞の一人がさ、七人に立ち塞がり、森藩の家臣の一人も加わって五人を斬って、残りの二人は斬るに値せずと思ったか、情けをかけて逃がしてやったんだよ」

「森藩の飾り鐺は無事だったんですね」

「ということらしい」

と桂三郎が言い、

「赤目小籐次様は」

と言い出した途端、

「それがしの名を気軽に呼ぶでない、下郎め」

と新兵衛が研ぎをかけていた木刀を引き寄せた。

「これは失礼をば致しました、赤目様」

と軽くいなした桂三郎が、

「もしやと思いましてな」

と駿太郎に注意を戻した。

「大黒舞が父と申されますか」

「駿ちゃんさ、大黒舞は面をつけて被りものをしていてな、顔を隠していたんだそうだ」

と吾助が言った。

しばし考えた駿太郎は、

「父上ならばそのうち分かりましょう」

と答えていた。

あの日の夕暮れ前、新兵衛長屋に仕事着姿の小籐次がふらりと現れ、

「こちらで仕事をしておったか」

と駿太郎に尋ねた。

「父上、約束を破ってご免なさい。深川に行くのは父上といっしょのほうがよいかと思い、本日は長屋の包丁や近所の方々の刃物を研いでおりました」

「そうか、明日から深川蛤町裏河岸に参ろうか」

と小籐次は答えるに留めた。


以来三日が過ぎていたが、小籐次が芝口橋の一件を駿太郎に話すことはなかった。それが己の口から芝口橋の一件に触れたが、「要領を得ない話」だという。

「父上、森藩の飾り鎧は未だ狙われておりますか」

「もはや森藩は狙われまい」

と曖昧に応えた小籐次が、

「七日の一件、聞いたな」

はい、と答えた駿太郎は桂三郎と吾助から知らされたこと、桂三郎は大黒舞が父上ではないかと推量していたことを告げた。そして、思い切って尋ねた。

「大黒舞は父上ですね」

しばし間を置いた小籐次が、

「おりょうを案じさせることもないからのう」

と呟き、

「城中でケリがつけばよいが」

と駿太郎には謎の言葉を洩らした。

二

翌朝、小籐次と駿太郎は小舟に乗って楓川南に架かる弾正橋に着いた。三十間堀と八丁堀に楓川がぶつかるこの界隈を、土地の者は単に、

「アサリ河岸」

と呼んだ。

このアサリ河岸に鏡心明智流の士学館道場があった。

鏡心明智流の流祖は、桃井八郎左衛門直由《なおたか》だ。この人物、大和郡山藩柳沢家の臣であった。柳沢家は大和に移封以前、甲州に領地していたから桃井も甲州の出と思われた。

安永三年（一七七四）に流祖が五十一歳で亡くなり、市ヶ谷の月桂寺に葬られた。二代目を養子の直一が継ぎ、道場をアサリ河岸に移したのだ。この二代目は七年前の文政二年に身罷り、直一の実子桃井春蔵直雄が三代目を継承していた。

のちにこの直雄の養子となる四代目桃井春蔵直正が、千葉周作や斎藤弥九郎や伊庭軍兵衛とともに、

「江戸四大道場」

を率いて武名を上げる人物だ。

だが、赤目親子が訪れたときは、桃井道場は八丁堀の与力同心の子弟を多く門弟に抱える特異な一町道場に過ぎなかった。

三代目の桃井春蔵直雄は、凡庸ながら実直な剣術家として指導しているという。

「駿太郎さん、こっちだ」

南八丁堀の河岸道から近藤精兵衛が呼び、駿太郎が父親の小籐次を乗せた小舟を対岸に寄せて舫うと、親子は河岸道に上がった。

鏡心明智流の桃井道場は、具足開きのせいか道場から大勢の門弟たちの賑やかな声が聞こえてきた。

小籐次は、和気藹々とした道場の雰囲気を一瞬にして認め、近藤がアサリ河岸に誘った理由を察した。近藤が駿太郎の周りに同世代の少年がいないことを危惧してのことかと小籐次は推測した。このことは小籐次もまた気にかけていたことだった。

「かような場所に町道場があるとは知らなかった」

と小籐次が洩らし、

「本日は具足開きゆえ、いつもより賑やかです」

と近藤精兵衛が赤目親子を従えて、道場の門を潜った。式台前に履物が七、八十足ほど整然と揃えられていた。

近藤に案内された赤目親子は道場に通った。駿太郎は近藤に言われて稽古着姿に木刀と竹刀を持参していた。

見所《けんじょ》には桃井家の具足が飾られ、何人か年配の門弟衆が座していた。

「おお、近藤、参ったか」

稽古着姿の人物が近藤に声をかけ、

「桃井先生、赤目小籐次様と一子駿太郎どのをお連れ致しました」

と近藤も応じて、小籐次も駿太郎も一礼した。

「わが道場に江都に武名高い赤目小籐次どのが参られるとは、春から縁起がよいわ」

と桃井直雄が小籐次に屈託なく笑いかけた。なんの外連味《けれんみ》もない笑顔だった。

駿太郎は、自分と同年配かいくつか齢上と思える少年剣士らが大勢笑みを交えて稽古している光景を凝視していた。

「桃井先生、親子でお邪魔致す」

「ようこそ参られた」

と小籐次と桃井直雄が互いに挨拶を交すと、師範と思しき人物が、

「一同、稽古を止めよ」

と声を発して、打ち合い稽古を止めた門弟たちが両側の壁際に下がった。

「ご一統に告ぐ。本日の具足開きに江都に武名高い客人が参られた。そなたらも名は承知であろう、赤目小籐次様と子息の駿太郎どのだ。駿太郎どのが町道場の

様子を知りたいと申されて、わが門弟の近藤精兵衛がアサリ河岸に案内してきたのだ」

と門弟たちに声をかけた桃井が、

「駿太郎どの、いっしょに稽古をしてみませんか」

とえらく気軽に声をかけた。

「桃井先生、私、町道場で稽古をするのは初めてです。習わしなどなにも知りません。失礼があればお許し下さい」

と駿太郎が応えると、

「そなた、父上の赤目小籐次様が師匠であろうな。稽古はどこでしておられるな」

「須崎村の弘福寺の和尚様がご厚意で本堂を貸してくれます。ゆえに父上の旧藩の家臣二人と稽古を時折致します。その他には庭先で独り稽古が多うございます」

「ほう、寺の本堂が稽古場ですか、面白いな」

と桃井直雄が関心を持ったか、笑みの顔で言った。

そのとき、師範と思しき門弟が、

「桃井先生、何人か駿太郎どのの稽古相手を選んでおきました」

と言った。

駿太郎にとって町道場での稽古は初めてだ。だが、森藩の江戸藩邸道場でも篠山藩道場でも初めての相手と竹刀を交えることには慣れていた。

五人の若者が師範に呼ばれて立ち上がった。駿太郎の体付きと同じくらいだが、明らかに三、四歳は上と思えた。

「木津弥太郎、赤目駿太郎どのは十三と聞いておる。そのつもりで相手せよ。それがしが行司役を務めるでな」

「はっ、承知致しました。猪木師範」

と答えた木津は道場の中央に進んだ。

駿太郎は見所の端に座らされた小籐次をちらりと見て、竹刀を手に木津の前に進み、一礼すると、

「赤目駿太郎にございます、お手柔らかにお願い申します」

「こちらこそ宜しく」

と互いに相対して竹刀を正眼に構え合った。

その瞬間、駿太郎は相手の力量が分かったと思った。

「赤目小籐次の子」

と見られるのは致し方ないことだった。そのことにも駿太郎は慣れていた。木津は駿太郎より二寸ほど背丈が低かったが、足腰ががっちりとして幼い折から桃井道場で稽古をしていることが察せられた。

木津は駿太郎に攻めさせるつもりか、不動の構えで待ち受けていた。

「参ります」

駿太郎が声を発し、間合いを詰めた。

「おう」

と受けた木津に向かって駿太郎は伸びやかな面打ちを放った。それは相手が駿太郎の面打ちを弾くことを予測しての速さと力加減だった。それを受けた木津が敢然と攻めに転じた。

駿太郎は受けに回った。

木津はそれを臆したと見たか、安直にも強引な攻めを繰り返した。

駿太郎は相手の動きを見ながら丁寧に受け、弾いた。

「うむ」

と見所の傍らに立った桃井直雄が声を洩らしたのを小籐次は聞いた。

一見攻めているのは木津弥太郎で、駿太郎は劣勢のように見えたが、受け流しているだけだった。攻め疲れたか、木津の体の動きがばらばらになった。だが、駿太郎は攻めには転じなかった。

「双方、止めよ」

と行司役の猪木が言い、駿太郎は、すっ、と竹刀を引いた。

木津は師範の声が聞こえなかったのか、下がった駿太郎に攻めかかろうとして猪木がその前に立ち塞がった。

「木津、それがしの止めの声が聞こえなかったか」

「師範、攻めに熱中してつい声を聞き漏らしました」

と言い訳すると息を弾ませた。

「攻めに熱中な、木津、そなた、独り相撲を取っておるのが分からぬか」

「どのようなことでございましょう」

「まあよい、下がって見ておれ」

と猪木が言い、

「桃井先生、人選を間違えましてございます。岩代壮吾ではいかがでしょうか」

との提案に門弟衆の間から驚きの声が上がった。

「岩代のう」

と首を捻った桃井が、

「わが道場の力のほどを門弟一同が知るよい機会やもしれぬ、恥を掻かねば力は知れぬゆえな。岩代、駿太郎どのと立ち合うてみよ」

と命じた。

「はっ」

一人の青年武士が竹刀を手に立ち上がった。

いつのまにか、小籐次の近くの床に近藤精兵衛が座して、小籐次に囁きかけた。

「岩代壮吾は北町奉行所の見習与力でして、南北町奉行所でも実力では五指に入りましょう」

と言った。

背丈は駿太郎と同じだが、鍛えられた五体で無駄な肉などなかった。南北両奉行所二百五十人の与力同心や子弟の中で五指に入ると近藤が言ったが、落ち着いた挙動と精悍な表情がそれを裏付けていた。そして未だ顔に幼さを残した駿太郎を正視しながら、

「赤目駿太郎どの、岩代壮吾にござる」

と一人前の相手として遇し、

「ご指導のほどお願い申します」

と駿太郎が受けた。

再び猪木師範が行司役として、

「勝負は三本勝負、先に二本を得たほうを勝ちと致す。具足開きの見物じゃ、互いに力を抜くことは許さぬ」

と二人に注意を与えた。

「はっ」

「畏まりました」

と二人が受けて間合い一間で改めて一礼し合い、竹刀をゆっくりと構えた。

相正眼、竹刀の切っ先を相手の両眼の間に置いた。

最前とは違い、ぴりりとした緊張が鏡心明智流桃井道場に走った。だが、双方ともに不動の姿勢を崩さず、動かなかった。いや、動けなかった。互いに手の内は知らなかった。

道場稽古で積んだ年月と技量が、岩代壮吾にはあった。一方、駿太郎には父といっしょに真剣勝負の修羅場を潜り抜けた経験があった。そのことを岩代壮吾は推量していた。ゆえに、十三、四の少年ということを頭から消し、対等な対戦者として隙を窺った。

長い時が流れていった。

道場の玄関先に、遅れてきた門弟の履物を脱ぐ音がかすかに響いた。

その直後、岩代壮吾が決然と踏み込み、駿太郎の面を狙いすまして竹刀を揮った。一方、駿太郎はその場を動くことなく、正眼の竹刀を小手に素早く落とした。

直後に面が打たれた。

「小手一本、赤目駿太郎」

おおっ！

というどよめきが桃井道場を揺るがした。

だが、対戦者二人は元の位置に戻り、再び相正眼に戻していた。

小手を先取された岩代の顔がわずかに紅潮していた。だが、平静を保っていた。

一方の駿太郎の挙動も変わりない。小手は狙ったわけではない、面打ちの迅速な動きを感じた時、自然に体が動いていた。

岩代は駿太郎の動きを待った。誘いかけなど一切無駄な動きはしない。ただ待った。

駿太郎も岩代が仕掛けるのを静かに待った。
見所の先代時代からの年配の門弟か、思わず、
「十三歳の剣術ではないぞ」
と洩らした。その囁きが静かな対決を動かした。
駿太郎が動いた。
間合いを詰めつつ、胴を狙った。だが、それが変化することを岩代は読んでいた。
（また小手か）
岩代は踏み込みながら真正面から面打ちを狙った。果敢にして捨て身の面打ちが、
ばしり
と決まった。
「面打ち一本、岩代壮吾」
駿太郎は厳しい面打ちに頭を二度三度振って意識を取り戻そうとした。
安堵のような静かな歓声が沸いた。
これで一対一。

三度相正眼で構え合った。

こたびも互いが速攻で仕掛けなかった。

岩代壮吾は面を強《した》たかに打たれた駿太郎の痛手が残る間に攻めるべきだろう。だが、岩代は駿太郎に回復の機会を与えた。

駿太郎は岩代の考えを知りつつ間を置いた。

どれほどの時が流れたか。

岩代壮吾が十分に回復の時を与えたと思ったか、
すっ
とすり足で間合いを詰め、面打ちを再び敢行した。

岩代壮吾の面打ちは桃井道場で、

「天から落ちてくる雷光」

と呼ばれていた。

駿太郎は不動の姿勢で耐えて待った。

岩代の電撃の面打ちが頭上に迫ったとき、正眼の竹刀が翻って「雷光」を弾いた。

おおー

という驚きの声が洩れた。

岩代壮吾の面打ちを十三歳の駿太郎が弾き返し、胴へと反撃の技を迅速に送り込んだ。

岩代壮吾と赤目駿太郎の死力を尽くした技の応酬が寸毫の緩みもなく繰り返された。

見所の年配門弟はただ無言で間を置かない攻防に釘付けになっていた。壁際に座した若い門弟たちも丁々発止の打ち合いを凝視していた。

長い攻めと防御の末、阿吽《あうん》の呼吸で互いが打ち合いを止めて間合いをとった。

そしてしばし息を鎮め、両者は幾たび目かの正眼の構えへと戻した。

ふっ
と岩代壮吾が小さな息を吐いた。

その直後、岩代は得意の面打ちにすべてをかけて踏み込みながら上段から駿太郎の面を狙った。

駿太郎はその動きを見つつ、遅れ気味に踏み込むと脇構えに変化させた竹刀を、岩代の胴へと伸ばした。

面打ちと胴打ちがほぼ同時に決まった。

一瞬、猪木師範が迷い、宣告しかけたとき、駿太郎が、

ぱあっ

と下がり、

「参りました」

というと二度叩かれた頭を振ってその場に座すと一礼した。まだ立っていた岩代壮吾も駿太郎に倣って座して駿太郎に一礼すると、猪木師範が、

「胴と面、相打ち」

と宣告した。

道場に静かな感動の吐息が洩れた。

道場主の桃井春蔵直雄が、

「具足開きに相応《ふさわ》しい好勝負であった。猪木師範の宣告どおり、三本目は相打ちであろう。いや、勝敗うんぬんより二人の死力を尽くした勝負は見物であった」

と講評し、見所にいる小籐次に向かい、

「さすがに赤目小籐次どのの嫡子、ようお育てになられましたな」

と言うと、

「駿太郎どの、時にアサリ河岸に稽古に来られませぬか」

と誘った。

桃井春蔵直雄も、駿太郎が父親を相手の稽古で十三にしては十分な修行を積み技量もあるが、同年代の者たちとの交流がないことを、厳しい剣術から察していた。

「桃井先生、本日は見物にと思うたが、近藤どのの言葉に甘えて竹刀を持参し、あまつさえ稽古を許してもろうた。これからも稽古に通わせてもらうと有難い」

と応じた小籐次が、

「どうだ、駿太郎」

「父上、お願い申します」

「ならば桃井先生にお願い申せ」

と小籐次が言うと、駿太郎が桃井に姿勢を正して深々と頭を下げた。

「わが道場に入門などと堅苦しく考えることもござるまい。うちで気が合うかどうかしばらく通いなされ」

と桃井直雄が応じて、駿太郎は初めて江戸の鏡心明智流道場に通うことになった。

三

アサリ河岸に止めた小舟まで近藤精兵衛が赤目親子を送ってきた。

「近藤どの、手数をお掛け申した」

小籐次が桃井道場を紹介してくれた南町奉行所定廻り同心に礼を述べて、駿太郎も、

「近藤様、有難うございました」

と言葉を添えた。

「気に入りましたかな。剣術の質から申せば千葉周作どのの北辰一刀流や、近々開場する斎藤弥九郎どのの練兵館がさらに厳しい道場でしょう。それがしにはこの二道場に手蔓《てづる》がございません。どうしてもそちらを見てみたいと駿太郎どのが考えられるのであれば、父上が赤目小籐次様なのです。いつでもどちらの道場も見物は出来ると思います」

と近藤が駿太郎に言い、

「いえ、私は桃井先生のもとで稽古がしとうございます」

と駿太郎が応じた。

駿太郎が素直な成長を遂げていることを小籐次は喜びつつも、同世代の者たちとの触れ合いが少ないことを心配していた。そのことを町奉行所の同心は察したのだろう。そこで近藤は駿太郎と同じ年代の者が多く門弟にいる桃井道場に親子を連れて行って見物させたのだ。

駿太郎は、小籐次の危惧や近藤の厚意をどう理解したか知らぬが、南北町奉行所の与力同心の子弟が多く通う桃井道場を本能的に受け入れていた。

なにかことが起これば直ぐに近藤の耳に届くし、さらには桃井春蔵直雄の大らかな人柄を勘案して親子に桃井道場を見せたのだと、小籐次は近藤の気遣いを推察していた。

「父上、アサリ河岸ならば芝口橋の久慈屋さんに通う途中にあります」

駿太郎は、仕事場の久慈屋の川筋にあるのも都合がいいと言った。

「よかったな。八丁堀の近くじゃ、近藤どのを始め、知り合いもおるでな」

と小籐次も喜んだ。

「近藤どの、よき道場を紹介してもらえた。なにしろ父親のわしがふらふらしておるでな、駿太郎にわしの代役を務めさせて研ぎ仕事ばかりをさせておった。これで駿太郎の世間が少しでも広がってくれればよい」

と言葉を重ねて近藤とアサリ河岸で別れた。

八丁堀を左に見ながら石川島が正面に見える内海に出ると、本日仕事の予定の深川蛤町裏河岸へと、大川河口に小舟を向けた。

「近藤どのはわれら一家をようご存じじゃ」

駿太郎は父がなぜ当たり前のことをいうのであろうかという顔をした。その表情を見た小籐次がしばし沈思し、

「駿太郎はわしがこれから申す意が分かるであろう。ゆえに本日のことを説明しておこうか」

「なにをでございますか」

「近藤どのはな、そなたがわしやおりょうを始め、このところ大人ばかりの中で育っていることを案じられたのだ」

「大人ばかりのなかで育つのはよくありませんか」

駿太郎が訝しげな顔で質した。

「そなたはわしの幼きときと比べようもないほど素直な子じゃ、優しき十三歳じゃ。いや、否のつけようもない。だがな、その年ごろに相応しい大胆さや乱暴と

思える行動や考えがあろう」

「私には格別不満などありません」

「それはな、駿太郎がわしたちと付き合うているのが当たり前と思うて育ってきたからじゃ。わしは、下屋敷でな、馬の世話や内職をしながら厳しい父親から逃げることばかりを一日じゅう考えていたものよ。そんな仲間が集まり、品川宿で悪さを覚え、父親に折檻《せっかん》されて悪しきこととはなにか頭に叩き込まれた。

近藤どのは、そなたが同輩と付き合うこともただ今の駿太郎に大事なことと思われたのではないかのう。ゆえに剣術の技量よりも道場主の桃井直雄どのの人柄を考え、若い門弟の多い桃井道場に案内されたのではなかろうか」

駿太郎がこんどは沈黙して考えた。

「父上、桃井道場で大事なのは剣術の稽古より、お仲間との付き合いにございますか」

「駿太郎はどう思う」

「剣術修行と思うておりました」

「それも大事だ。だが同輩の者とあれこれと話し合ったり、ときにどこぞに遊びにいったりすることは、剣術が少しばかり強い弱いよりももっと大事なことじゃ。

わしも同じようなことを考えておった。それを近藤どのが察せられたのではないかのう」

駿太郎には予想もかけないことであったか、黙り込んだ。

「駿太郎、世間には赤子もおればわしより歳上の老爺もおろう。また八十を超えても元気に働く者もいれば、十二、三で病に苦しむ子供もおる。富裕な者もおれば今日のめし代に事欠く者もおろう。江戸には百万の人が住んでおる、その一人ひとりの生き方と考えは違う。桃井道場の門弟衆は八丁堀の与力同心の子弟が多いゆえ、さようなことを駿太郎、そなたよりもとくと承知の者ばかりであろう。そなたと同輩の門弟たちと剣術の稽古をしながら、あれこれと話し合うのも大事じゃ、とはいえ、かようなことは頭で考えることではない。付き合ってみれば自然に分かることじゃ、桃井道場の稽古と仲間との付き合いを存分に楽しめ」

駿太郎は小籐次の言葉を吟味するように沈黙していたが、はい、と返事をした。

この日、深川の蛤町裏河岸に赤目親子の小舟が姿を見せたのは昼前のことだった。

「おや、本日親子揃って研ぎ仕事にしちゃあ遅かったな」

美造親方が角吉から買った大根を手に小籐次に声をかけた。

「アサリ河岸に立ち寄ってきたでな、いささか遅くなった。こちらに研ぎ仕事はござろうか」

「魚源の親方がおめえさんの来るのを待っていたぜ」

「昨日、研ぎ残したでな、ではあちらに舟を移そうか」

「なんだい、ちょっと待ちねえな。酔いどれ様よ、アサリ河岸に新たな得意ができたのか」

「そうではない」

小籐次は、アサリ河岸の鏡心明智流の桃井道場に駿太郎が稽古に通うことになったことを告げた。

「えっ、剣術の稽古をわざわざ道場で受けさせるのか。おまえさんが教えれば十分だろうが」

「うちではわしが剣術と研ぎ仕事を、おりょうが読み書きを駿太郎に教え込んできたでな、道場にも寺子屋にも通っておらぬ。そのために同じ年ごろの子どもと付き合う機会が駿太郎にはあまりなかった。それでな、若い門弟衆の多い桃井道場を親方も承知の南町奉行所の近藤どのが紹介してくれたのだ」

「ふーん、駿太郎さんも忙しいな。研ぎ仕事で親父の付き合い、こんどは剣術仲間との付き合いか」

と言ったとき、うづが空の竹籠を負って船着場に戻ってきた。

「話が聞こえたわ。駿太郎さん、剣道場に通うの」

うづが空の竹籠を下ろしながら駿太郎に話しかけた。

「まずはためしに通い、入門するかどうかはあとで決めるそうです」

「あら、駿太郎さんは得心していないようね」

「いえ、ちょっと驚いただけです。剣術の稽古に通うのかと思ったら、父上や近藤様は、私と同じ年ごろの門弟と付き合うことが大事だと考えておられたのです」

「それは戸惑うわね」

とうづが言い、

「でも、駿太郎さん、赤目様が親でなければ言えないことよ。ただ今の駿太郎さんは、天下の赤目小籐次様が教え込まれた剣術で、同じ年ごろの門弟なんて相手にもならないでしょう。でもね、世間は剣術だけではないの、あなたのお父つぁん、赤目小籐次様が世間から崇められるのは剣術が強いからだけではないのよ。

それは分かるわね」

「分かります、うづさん」

「親父様から少しばかり離れて世間を知ることも今の駿太郎さんにとって大事なことよ」

　と言ったうづが、

「あら、私ったら、おりょう様でもないのに説教みたいなこと言っちゃった。御免なさい、駿太郎さん、赤目様」

　と詫びた。

「いや、よう言うてくれた、うづさん。駿太郎はわしの話では得心しておらなかったようでな、今のうづさんの言葉で分かったようだ」

　小籐次がほっとした顔をした。

「うんうん、齢とってよ、親父になるというのは大変なことだよな、赤目様よ」

　と美造親方が自らに言い聞かせるように洩らした。

　美造は一時倅のことで悩んだ時期があった。こちらは悪さ仲間と遊び呆けて危うく無頼の徒に堕ちようとしたことがあったのだ。

「まあ、酔いどれ様よ、子は素直に育ちすぎても心配、うちの倅のように悪仲間に染まってよ、無頼者になるのも心配だよな」

「そういうことだ、美造親方」

と言った小籐次は魚源の永次親方の店へと小舟を移動させた。

この半日、魚源の包丁を研いで親子は時を過ごし、七つ半前に仕事を終えた。

永次親方から、

「残りものだけどよ、味噌仕立てにするとうまいぜ」

と鮟鱇《あんこう》を半身頂戴し、

「明日もこの界隈で仕事を致す。研ぎがあまい道具は蛤町裏河岸の船着場に持ってきてくだされ、直ぐに研ぎ直そう」

と小籐次が言い残し、小舟を大川に向けることなく横川から源森川《げんもり》に向かう水路を選んで駿太郎が櫓を漕いだ。

水路沿いから梅の香りが漂い、親子の眼を白梅紅梅が楽しませてくれた。

「母上の『鼠草紙』はうまく行っていますでしょうか」

「おりょうのことじゃ、絵を描くコツさえつかめば楽しんでいよう」

と小籐次が答え、

「出来上がって見るのが楽しみじゃ」

と言い足した。

「父上、私が桃井道場に稽古に行くようになれば、一郎太さんと代五郎さんはどうなります」

「そうじゃな、あの二人、そろそろ藩の御用に専念する時期にきていよう。弘福寺の本堂の道場稽古も最後にしようか」

「智永さんが館山の本寺に再修行に出るのです、和尚様が寂しいというかもしれませんね」

「和尚とわれらの付き合いはこれまでどおりだ。お互い倅が親元から巣立っていくのだ、致し方あるまい」

と親子が言い合いながら須崎村の望外川荘の船着場に小舟をつけると、見慣れた船が船着場を離れようとしていた。老中青山忠裕の御用船だ。

「新八どのとおしんさんが参っておるようじゃな」

と小籐次が知り合いの船頭豊次郎に挨拶した。

「長いこと待たせたかな」

「いえ、たった今ですよ。明朝、迎えにこいとの命でございました」

と豊次郎の船が湧水池から水路伝いに隅田川へと出て行こうとした。少しでも明るいうちに隅田川を下っておきたいのだろう。

「気をつけて参られよ。途中で日が暮れるでな」

「はい」

と返答した豊次郎が竿を櫓に替え、ぐいぐいと湧水池から遠ざかっていった。

そこへ小籐次と駿太郎の帰りを察したクロスケとシロが飛び出してきて、いつもの喜び方で一頻り飛び回って見せた。

「クロスケ、シロ、ちゃんと留守番が出来たか」

駿太郎が話しかけると、魚源からの貰い物の魚の匂いに気付いた二匹が竹籠に鼻先を突っ込もうとした。

「これ、これはそなたらの食い物ではないぞ」

駿太郎に叱られ、それでも親子のあとになり先になりして船着場から望外川荘に従ってきた。すでに雨戸は閉じられていた。寒さがぶり返していたからだ。

親子と二匹の犬は母屋をぐるりと回って、裏戸から台所に入った。

「お帰りなさい」

お鈴が親子に声をかけてきた。

囲炉裏端には新八とおしんの姿はなく、座敷のほうでおりょうが相手をしているようだった。

「新たな御用でしょうか」

駿太郎が小籐次に聞いた。

「いや、過日の騒ぎの報告ではなかろうか」

小籐次は囲炉裏の火を横目におりょうらの話し声のする座敷に向かった。

「待たせたかな」

「勝手ながら一晩ご厄介になるつもりで参りました」

「船頭の豊次郎どのにそう聞いた。賑やかな夕餉になりそうだ」

と小籐次が返事をしておりょうが、

「私は台所におりますよ、話が終わったら囲炉裏端で夕餉に致しましょう」

と言い残して座敷の二人の応対を小籐次に任せた。

中田新八とおしんの話は、やはり芝口橋で二度、豊後森藩の行列を襲い、御鑓を頂戴しようとした狼藉者の雇い主についての報告だった。

「赤目様、もはや推測はなさっておられましょうが、芝口橋の騒ぎの狙いは森藩ではのうて、やはり赤目小籐次様の武名を失墜させることでございました」

と中田新八が言った。

「わしの武名を失墜させるじゃと、爺に武名もなにもあるものか」

「そう思うておられるのはご当人だけでございましょう」

とおしんが言い、

「相手様の御名を出すことはご勘弁ください。四十年以上前、過ぎ去りし日々、栄耀栄華を極め、権勢を揮ったご仁がおられます。このお方の四番目のご子息がただ今西の丸の若年寄から御側用人を勤めておられます。主様は、幼い折から幕閣の権力争いがいかに過酷か聞かされてお育ちになったゆえに、穏やかなお人柄と聞いております。一方、ただいまの重臣方は、四十数年前、全盛を極めた先代の栄華が諦めきれず、主をなんとしても、幕閣の重要な地位に就けたいと画策し、ひそかに動いておられるそうな」

「おしんさんや、そのこととわしがどう関わるのだ」

「いささか強引な考えとは思いますが、気になるのは城中から伝わる風聞と巷に流れる噂の微妙な乖離と申しますか、違いがあることにございます」

「城中からの風聞と巷に流れる噂に差があるとな、当然であろうな」

おしんの言葉に小籐次が応じた。

「差し障りは赤目小籐次様が、公方様ともわが主とも御目見が適うという城中の風聞の、世間への大いなる影響です。事実、赤目様のみならず駿太郎さんもいっしょに、白書院にて公方様やお歴々の前で武芸を披露なされた。このご時世に浪々の身の研ぎ屋親子が城中に呼ばれたばかりか、上様に御目見し、驚くべき武芸をご覧に入れた」

「その話を世間が知ったのは、空蔵の針小棒大の想像を交えた読売に載ったからじゃな、公儀が布告《ふれ》を出したわけではない」

小籐次の言葉におしんは首肯して、

「城中白書院の公方様の前で赤目様親子の披露した『紙吹雪の雪』の驚くべき芸を、多くの方々がご覧になられたのは真の話です。一方、在所から逃散した百姓衆が次々に江戸へ流入して、江戸が不安定なご時世なのも事実です。

そんな時世に『安定した公儀』の証として、また公方様の寛容なるお気持ちを世間に知らしめるために、わが主は赤目小籐次・駿太郎親子の城中での武芸披露を読売に書かせたのです。ですが、このことが却って風聞に風聞を、想像の上に想像を重ねる厄介に発展したかに私には思えます。となると、赤目様親子の城中での実際の武芸披露と、曖昧模糊とした読売の書き方の間に都合のよき解釈をなされるお方もおられましょう。たとえば愚かにも赤目小籐次さえいなくば、老中青山は必ず失脚すると飛躍して考えられるお方がおられたとしたら、さらにその後釜にわが主をと、短絡にも妄想逞しくなさるご仁がおられるとしたらいかがですか」

と同じ意を別の表現で語った。

小籐次は沈思した。

長い沈黙だった。

西国の小名の下屋敷厩番が一世一代の覚悟を決め、奉公を辞して、旧主に恥を搔かせた大名四家の象徴たる飾り鑓を参勤下番の最中に次々と切り落としてみせ、旧主の恥辱を雪ぎ、意地を見せた。この一件が赤目小籐次が世間に名を知られた切っ掛けであった。酔いどれ小籐次の武名は、いや、虚名はすべてここから始まった。そのことがこたびの『御鑓頂戴』を招いたとしたら、すべての咎は、

(このわしにある)

と思った。

「わしはどうすればよいな、おしんさん」

小籐次の重い口調の問いにおしんはしばし間をおいて、口を開いた。

「わが主の背後に酔いどれ小籐次様がおられることを妬み、なんとも邪魔と思わ

れたお方が」

「わしの旧藩の殿様を脅せば、わしが表に立つと思われたというのだな」

と二人は念には念を入れて問答を続けた。

「はい」

と答えたおしんが、

「実際、久留島の殿様は赤目小籐次様お一人だけにお悩みを打ち明けられた。その結果、『御鑓拝借』の二番煎じの『御鑓頂戴』騒ぎが起こり、赤目様が阻止なされた。つまりかつて栄耀栄華の権勢を誇った一族は二度にわたり、世間に醜態をさらすことになった」

「待て、わしが森藩に降りかかった『御鑓頂戴』騒ぎを阻んだことは認めよう。それと老中青山様が関わることが分からぬ」

「こたびの騒ぎで益々赤目小籐次様は武名を高められた。その赤目様一家が昨年丹波を訪ねられ、わが篠山藩と親密な付き合いをなしていることは、だれもが承知です」

「われら、駿太郎の実父実母の墓参りに行ったのじゃぞ」

と小籐次は反論した。

「いかにもさようです。読売屋の空蔵さんの推量を交えた読み物によって、天下に篠山訪問が知れ渡ったのも事実です。一方、二度も芝口橋で失態を繰り返した一族の評判は地に」

「堕ちたと申すか」

「いえ、幕閣ではこのご仁の謙虚なお人柄を承知ゆえ、愚かにも重臣どもが昔の夢を蘇らせようとしたと同情なされているとのことです」

「ならばそれでよいではないか」

「ですが、この先、このお方の出世は難しゅうございましょうな」

とおしんが言い切った。

「芝口橋の騒ぎは茶番じゃでな、どのような決着がつこうと、わしにはよい。豊後森藩をダシにつかうようなことがなければな」

「その件ですが、当の御側用人様が極秘に森藩の久留島通嘉様に詫びられるそうです」

「ならば事は終わったのだな」

「は、はい」

とおしんが返事をした。

「なにやら奥歯にものが挟まったような返答じゃな」

「この御側用人の老臣方、しばらくは大人しくしておられましょうが、そう簡単に出世の思いが消えるとも思えません。そのうち、新たな企てをなさる怖れは残っております」

「おしんさん、先々のことを案じても致し方あるまい」

「と、赤目様がお考えなればこたびのこと、内々に済ませてようございますか」

と念を押した。

「読売屋の空蔵のがっかりする顔が浮かぶな」

「致し方ございません」

「おお、そうじゃ、そなた方が南町奉行所の定廻り同心近藤精兵衛どのに駿太郎のことを話してくれたお蔭でな、本日、アサリ河岸の鏡心明智流の桃井道場に駿太郎が通うことになった。入門するかどうかはしばらく様子を見て、駿太郎に判断させよう。確かに駿太郎の年ごろの若い門弟が多い道場じゃな」

「駿太郎さんの技量なれば剣術はすでに桃井道場の中位より上ではございませんか」

「当人は剣術の修行に入門をと思ったようだが、近藤どのもわが家の懸念を察していたらしく、ただ今の駿太郎に相応しい道場を選んでくれたようだ」

「駿太郎さんは物事を分かり過ぎておられますでな、同年配の者と付き合うのは悪くございませんぞ」

と中田新八も賛意の言葉を吐いたとき、

「旦那様、夕餉の仕度ができました」

とお梅の声がした。

四

この日、小籐次と駿太郎が小舟で出かけたあと、おりょうは「画房」として使っている八畳間に籠った。

清水寺の桜の季節のお姫様と鼠の権頭《ごんのかみ》の出会いに、お姫様、春日のお局、侍従の三つのお輿を中心にした花嫁行列、そして、権頭の屋敷で行われた祝言と宴の模様、その宴に参じたたくさんの鼠たちに贈られた引き出物、琵琶法師ら芸人衆の光景、花清宮《かせいきゅう》を模した屏風の内で湯に浸かって身を清めるお姫様の図と、清水寺にお礼参りにいく間は屋敷からは出てはならぬとくれぐれも伝える権頭など、墨一色の登場人物に色をつけ、各場に咲く花や木に彩を加えると、『鼠草紙』の世界が鮮やかにして微細に浮かび上がってきた。

おりょうは清水寺の桜見の光景の下絵に色を加えたことでコツを覚えた。あとはひたすら夢中で作業に没頭していた。

夕暮れ前、小籐次と駿太郎が戻ってくる前にお鈴一人に色彩を加えた各場面を初めて見せた。おりょうの描いた『鼠草紙』を見せられたお鈴は、無言で画面を凝視していた。

「お鈴さん、篠山の『鼠草紙』と違いましょうね」

そう問われてもお鈴はなにも答えられず、ただ一心に絵の世界に入り込んだように見詰めていた。

「なにか足りぬ色や間違った彩がありましょうか」

とさらに問われたお鈴がようやく口を開いた。

「おりょう様、私はいま初めて『鼠草紙』の浮世を知りました、そんな気持ちです。篠山の『鼠草紙』がどうであったか、もはやそのことは大事なことではありません。ここにはおりょう様の『鼠草紙』の物語がございます。おりょう様が楽しんで描いておられるのが私の心に伝わってまいります」

と答えていた。

「そうかもしれませんね、これは篠山のほんものの『鼠草紙』の写しではありません。私の頭に残る権頭とお姫様の物語です」

とおりょうも答え、色彩を加える自信をおりょうは得た。


一方、小籐次と駿太郎は深川蛤町裏河岸に小舟を止めて、経師屋《きょうじ》の安兵衛親方の道具や長屋のおかみさんが持ち込む包丁をひたすら研ぎ、柄が傷んだところを手入れするなど本業をこなしていた。

昼下がり、竹藪蕎麦の美造親方が姿を見せて、

「このところ静かなもんだな、酔いどれ様を連れ出そうというご仁はだれもいないな。珍しいぜ、親子でひたすら研ぎ仕事をしているなんてよ」

「親方、これがふだんのわれらの仕事だ。おや、いつの間にやら角吉の野菜舟はいなくなったな」

「父上、小半刻（三十分）前、野菜がすべて売れたからといって、父上に挨拶して平井村に帰りました」

駿太郎が小籐次に教えた。

「おや、そうであったか、気付かなかった」

と小籐次が応じて、

「父上、こちらの研ぎは一段落しましたね」

駿太郎が最後の包丁を研ぎ上げ、水洗いしながら言った。

「となると明日からは久慈屋さんに参ろうか。おお、そうじゃ、駿太郎、そなたをアサリ河岸に送り、わしだけが先に芝口橋で研ぎ場を拵えて仕事をしていよう。そなたは、桃井道場の稽古が終わったら芝口橋に来よ」

と小籐次が言った。

「えっ、明日から稽古に行ってようございますか」

「おお、そのために桃井先生にお願いに参ったのだ。そうすればよい」

「はい」

駿太郎が大きな声で嬉しそうに返事をし、洗い水を堀に流して帰り仕度を始めた。

「そうだよな、駿太郎さんも親父やおっ母さんと付き合ってばかりじゃ、息が詰まろうじゃないか。羽を伸ばすのも大事なことだぜ」

と美造親方が言い、

「研ぎ上がった道具はおれが預かって客に返しておこうじゃないか。偶には早上がりしな」

「そう願えるか、帰りに安兵衛親方のところに寄って手入れの終わった道具はわしらが届ける。この界隈のかみさんのふだん包丁が三本ばかり手許に残っておる」

小籐次が未だ取りに来ない包丁の持ち主の名を告げて美造に預けた。

「松の内も終わるな」

「ああ、正月気分は終わりじゃ、これからは梅、桜と花の季節が巡ってこよう」

「そういうことだ」

「親方、本日はこれで失礼しよう」

小籐次が舫い綱を外し、駿太郎が竿を巧みに使って小舟を船着場から離した。

すると河岸道に包丁の研ぎを頼んだ裏長屋のおかみさんの一人が姿をみせて、

「もうお帰りかえ、研ぎ賃を払うよ」

と大きく手を振った。

「おきわさん、包丁は美造親方に預けてある、研ぎ賃は親方に渡してくれぬか。この次に親方から頂戴するからな」

と小籐次が答えて、駿太郎が経師屋へと小舟を向けた。

この日、小籐次と駿太郎は明るいうちに望外川荘に帰ることができた。いつもとは違って早めに戻ってきた親子をクロスケとシロが大喜びで迎えてくれた。

「どうしていた、クロスケ、シロ」

と小籐次が研ぎ道具を船着場の床板に上げながら小舟から声をかけると、二匹の犬が飛び込んできて尻尾を振ったために小舟が揺れた。

珍しくおりょうが出迎えに姿を見せた。

「本日は早上がりですか」

「区切りがついたでな、そなたのほうはどうだ」

「なんとのう、色を加えるコツが飲み込めたようです。むろん素人が描く『鼠草紙』ですけど」

「そなたは歌人じゃ、絵は本業に非ず、楽しめばよい」

「はい、私の『鼠草紙』が出来上がれば本望です」

とおりょうが応じて、親子で研ぎ道具を抱え、おりょうと二匹の犬に先導されて望外川荘の庭に出た。

折から西日が望外川荘に差し込み、自然が生み出す鮮やかな光を見せてくれた。

「贅沢じゃな」

「はい、この景色を私たち一家が独り占めとはいかにも贅沢にございます」

「父上、母上、毎日見ている景色です」

「駿太郎、毎日見ているようで違う景色です。季節の移ろいがそなたには見えませぬか」

「それより駿太郎はお腹が空きました」

「ならば父上と湯に入りなされ、夕餉の仕度を整えておきます」

おりょうと駿太郎の会話を聞きながら、

（これが身内というものか）

と小籐次はしみじみと思った。


翌朝、駿太郎はアサリ河岸で櫓を父親に渡した。

「父上、お昼前には久慈屋に参ります」

「初日ゆえ、どのようなことがあるか分からぬ。刻限を気にせず稽古をしてこい」

小籐次は駿太郎を小舟から下ろすと三十間堀へと舳先を向けた。

「おや、本日は赤目様お一人でございますか」

と親子の研ぎ場を設えた手代の国三が小籐次に聞いた。

「本日から駿太郎はアサリ河岸の桃井道場に稽古に参ることになった。おそらく稽古は昼前には終わってこちらに参ろう」

と小籐次が答え、

「おや、駿太郎さんは桃井道場に入門ですか」

と大番頭の観右衛門が小籐次に尋ねた。

「本式に入門したわけではござらぬ。先日、具足開きの道場に南町の近藤精兵衛どのに誘われ、駿太郎も道場が気に入った様子なのでしばらく通ってみることに致した次第でござる」

小籐次が説明すると、

「アサリ河岸の桃井道場では駿太郎さん、物足りぬのではございませんかな」

と観右衛門が危惧した。

芝口橋とアサリ河岸はそう遠くはない。ゆえに道場の評判はとくと承知なのであろう。

「いや、そうでもござらぬ。門弟の中にはなかなかの技量の持ち主もおられる」

小籐次が二番手に駿太郎の相手をした北町奉行所の見習与力岩代壮吾の技前を思い出しながら答えた。

「おや、さようで」

観右衛門が首を捻るところへ、

「世間では桃井道場の評判は芳しくないのであろうか」

と小籐次は質してみた。

「いえ、噂ゆえなんとも申せませぬがな、先代の直一先生も当代の直雄先生も、『剣術は弱し、されど商いはうまし、繁盛するなり』などと言われておるそうな」

と観右衛門が言い、若い主の昌右衛門が、

「赤目様はどうご覧になりました」

と尋ねた。

「鏡心明智流、未だ技量と教授方が完成を見ていないやもしれぬ。されどなんとのうじゃが、一、二代のあとには鏡心明智流の武名が高まるのではござらんかな、そのような気が致した」

「駿太郎さんは親離れを考えられましたかな」

観右衛門がさらに質問した。

久慈屋にとって駿太郎は身内同然のことゆえ案じているのだろう。

「まあ、いつもそれがしといっしょでは世間の見方が偏ろうでな、近藤どのの推挙に乗ってみたのじゃ」

と小籐次が答えたところに読売屋の空蔵が姿を見せた。国三から事情を聞いたのか、

「なに、駿太郎さんはアサリ河岸に剣術修行だって」

と話に割り込んできた。

空蔵の顔色が暗いのは二度の芝口橋の『御鑓頂戴』騒ぎが読売の売れ行きにつながらなかったからだろう。

小籐次が経緯を搔い摘んで話した。すると空蔵が、

「赤目小籐次の倅の駿太郎さんによ、他の道場に行かれてみな、町奉行所としてはよ、厄介だぜ。そうじゃねえか、今後の酔いどれ様との付き合いを考えてよ、与力同心の子弟が多い士学館桃井道場の門弟であるほうがなにかと具合よかろうじゃないか」

と言った。

「さような見方があるか」

「知らぬは親ばかりなりってな。どこの町道場だって門弟が多いか少ないかで、えれえ違いだ、剣術道場だって商いだからな。天下無双の赤目小籐次の子息駿太郎さんが門弟になるとよ、桃井道場のこれまでの悪評を吹き飛ばすぞ」

と空蔵が言い放った。

「さようなことがあるものか」

「だからさ、おれが言ったろう。知らぬは赤目小籐次ばかりなりってな」

空蔵の解説に観右衛門が手を打った。

「いえね、近藤様がそこまでお考えになってのことかどうか、判然としませんがな、一理はありますな」

「わしの名が道場の看板になるといわれるか」

小籐次が呻いた。

「いえ、近藤様はさような魂胆はお持ちではございますまい。されど結果として空蔵さんの読みが正鵠《せいこく》を射ておることになりますな」

と観右衛門が賛意を示した。

「ふーん」

と唸った小籐次が、

「いよいよ世間が狭うなったわ」

と歎息した。そして、

「わしが桃井道場に弟子入りしたわけではなし、駿太郎が稽古に通うのだ。ご一統のお考えはどうかのう」

「赤目様はなぜ駿太郎さんの町道場修行を認められましたか」

久慈屋の八代目が改めて小籐次に質した。

「昌右衛門どの、それはな」

と前置きした小籐次が、中田新八に思わず洩らした話から近藤に伝わった親の気持ちを説明した。

「それで分かりました。剣術修行でございましたら、父親は天下の赤目小籐次様です。どこのどなた様が赤目様の子息の駿太郎さんにご指導できましょうか」

「できねえな」

と空蔵が昌右衛門の考えに同意した上で、

「酔いどれ小籐次って爺様と歌人のおりょう様の二親と年じゅういっしょじゃよ、行いも頭も大人の妙な十三歳になるよな、そこで同年配の仲間が出来れば、『おお、世間にはこんな遊びもあるのか、考えもあるのか』って駿太郎さんの世間が広がるわな」

と言い足した。

「そうでしたか、私はまた赤目様の来島水軍流とは異なった流儀の剣術修行に桃井道場に入られたのかと勘違い致しました」

と観右衛門もようやく得心の顔をした。

アサリ河岸の桃井道場では、最前から駿太郎が再び岩代壮吾と竹刀稽古を続けていた。四半刻も打ったり打たれたりをしていたが、どちらも決定的な一撃をとれずにこの日も相打ちに終わった。

「駿太郎どの、そなた、ほんとうに十三歳か」

打ち合いを終えて見習与力の壮吾が弾む息で質した。

「はい、十三です」

「ふうー、それがし、そなたより八つも齢上の二十一じゃぞ。これではいつまで経っても見習の二文字がとれんな」

と歎息し、

「聞いてよいか」

「私どもは二度にわたり打ち込みを為しました。齢は確かに違いますが友、いえ、兄弟の間柄にございます。岩代様、なんなりとお聞きください」

駿太郎の返答に頷いた岩代壮吾が、

「そなたの実の父親は赤目様ではないというのは真かな」

「真の話です。わが実の父は丹波篠山藩の家臣だった須藤平八郎様にございます」

「じゃそうな」

町奉行所の見習与力ならば駿太郎の出自を調べるなど朝飯前のことだろう。

駿太郎は老中青山下野守のお許しを得て、篠山に実父と実母の面影をたどろうと、養父母といっしょに旅したことを岩代に告げた。

「実父が八上《やかみ》心地流の達人、養父が天下の赤目小籐次様とあっては、駿太郎どのが強いわけじゃ」

と感心した壮吾が、

「祥次郎」

と道場の端で稽古をしている少年門弟の一人に呼びかけた。すると、ひょろり

とした体付きの少年が、

「なんですか、兄上」

と二人のところに走ってきて、

「まさか駿太郎さんと打ち込み稽古をせよと命じられるのではございませんよね」

と不安げな顔で壮吾を、そして駿太郎を見た。

「兄のおれがあのとおりじゃぞ。おまえが駿太郎どのと百万回打ち合うたとしても、おまえの竹刀は一度として駿太郎さんの体にかすりもせぬわ」

と言い放ち、

「駿太郎さんをおまえらの仲間に加えてくれ」

と命じた。

「えっ、われら、年少組の仲間に入れよと言われるか」

「おお、形は大きく、剣術の腕前も見てのとおりだ。だが、駿太郎どのがおまえと同じ十三歳であることには違いはない」

「えっ、駿太郎さんはこの祥次郎と同じ齢ですか、兄上」

祥次郎が驚きの顔で駿太郎を見た。

岩代壮吾もまた赤目小籐次がなぜ世間で決して評判のよくない鏡心明智流桃井道場に稽古に通わせようと考えたか、兄弟子の近藤精兵衛から聞き知っていた。ゆえに実弟の祥次郎を呼び、仲間に加えさせようとしたのだ。

「祥次郎さん、赤目駿太郎です、よろしくお願い申します」

と駿太郎が頭を下げて、

「岩代祥次郎です、剣術を始めて二年です、だけど一度として稽古試合で勝ちを得たことがありません。駿太郎さん、教えて下さい。その代わり、アサリ河岸界隈のことはなんでも教えてあげます。兄上も知らないことまでね」

「悪いことは駄目じゃぞ。なにしろ駿太郎どのの父御は天下の赤目小籐次だからな」

「ねえ、ほんとうにあの爺様が駿太郎さんの父親なの」

「はい」

「よし、こっちにお出でよ。仲間を紹介するからさ」

と祥次郎が駿太郎の手を引いて道場の端へと連れていった。

この日、駿太郎は桃井道場の年少組と知り合い、新たな仲間を得た。

第五章　空蔵の災難

一

松の内も今日で終わりだ。

駿太郎はアサリ河岸の桃井道場にこのところ毎日、稽古に通い、岩代壮吾らと稽古をし、年少組の面々と付き合った。

小籐次は芝口橋の研ぎ場でせっせと研ぎ仕事に精を出していた。

稽古が終わるとアサリ河岸から久慈屋に駿太郎が真っ赤な顔をして駆け付けてきた。そして、夕暮れ前までの短い刻限、父親の研ぎ仕事を手伝った。

そんな親子を見ながら大番頭の観右衛門が、

「旦那様、駿太郎さんの顔に笑みが増えましたな」

と話しかけた。

「やはり同じ年ごろの者と付き合うのは悪い考えではありませんでしたな」

「大人の間でもまれているより伸び伸びとした顔付きに変わりました」

久慈屋の主従が帳場格子の中で言い合った。

ふらり
と読売屋の空蔵が親子研ぎ場の前に立った。

「駿太郎さん、アサリ河岸の桃井道場はどうだい」

「楽しいです」

駿太郎の返事は短く、研ぎ仕事の手を休めなかった。

「アサリ河岸でなにか面白い話はないか」

「ありません」

「ないのか」

空蔵の問いに駿太郎は無言で応じた。

「ちぇっ、親子でおれのことを無視してやがる」

空蔵は研ぎ場の前から帳場格子の前に移り、上がり框《がまち》に腰を下ろした。

「親子でつめてえや」

「仕事の邪魔をされて喜んで相手する職人さんはいませんよ」

「赤目様親子は職人か、大番頭さんよ」

「研ぎ仕事をしているときは職人さんです」

「読売によ、酔いどれ小籐次親子は研ぎ仕事に精を出していますって書いたから
といって、買う客はいないぜ」

「赤目様親子は、読売屋のために生きておられるのではございませんからな」

「にべもないな。久慈屋さんにさ、なにか面白いネタは転がってないか」

「うちは紙問屋でございますよ、そうそう面白い話など、ああ、そうだ、京屋喜
平さんを訪ねれば、初春狂言の役者衆の話が聞けるかもしれませんよ」

「役者な、酔いどれ小籐次が役者の色事かなんかに絡んで動いたなんて話がある
と小ネタにはなるな」

「ならば京屋喜平さんを訪ねてご覧なされ」

「酔いどれ様が絡んだ話があるのか」

「知りません。それを探り出してくるのが空蔵さん、あなたの腕だ」

うーむ、と空蔵が唸った。

「京屋喜平の職人頭の円太郎親方は、おれを毛嫌いしているんだ。おまえの声を

聞くと虫唾《むしず》が走るし、職人どもの仕事が雑になるって、この間、こっぴどく叱られたぜ」

「言われてみればうちでも空蔵さんのお喋りを聞くと奉公人の仕事がなんとなく疎かになりますな」

「大番頭さん、そんな話があるものか。茶の一杯も出そうにないし、他をあたるか」

「それがようございましょうな」

大番頭にすげなくされた空蔵が立ち上がった。

研ぎ場ではちょうど久慈屋の道具の大包丁の手入れが仕上がったとみえて、

「よし」

と小籐次が西日になった春の陽射しに研ぎ具合を確かめていた。

「酔いどれ様よ、なんぞ話はないか」

「話とはなんだ」

「読売のネタになる話よ」

「新兵衛長屋の新兵衛さんが風邪を引いたそうだ、確かめてみぬか」

「新兵衛さんが風邪を引いたからといっておれの商いのネタになるか」

「ならぬか。ならば他に話などなにもないな」

「ちぇっ、明日の読売のネタがないんだよ。芝口橋でよ、仇討《あだ》ちなんてのがおっ始まらないかね。それも美形の人妻が絡んだ仇討ちがいいな。相手は毛むくじゃらの熊みたいな大男の侍でよ、けな気にも亭主の仇を討とうという美形の後家さんが危うく返り討ちに遭いそうなときによ、『しばし待て、儀によって赤目小籐次が助太刀致す』とかなんとか声をかけてよ、大立ちまわりが繰り広げられて人妻の仇討ちが成就するなんて話がないかね」

「その話、客が喜びそうだ、でっち上げたらどうだ。ほら蔵の得意芸ではないか」

「いくらなんでも全く仇討ちのあの字もないのに話を書けるか」

と言い放った空蔵が久慈屋を出ていった。

するとと芝口橋を通りかかった、在所から担ぎ商いの野菜を竹籠に入れてきた老婆が空蔵に、

「ちょいちょいちょいと、頼みがあるだ」

と必死の形相で空蔵の手を掴んだ。

「な、なんだ、野菜売りの婆さんよ」

「朝から腹が渋っているだよ。どこぞ厠を貸してくれるところは知らねえべか」

「な、なに、厠だと。おりゃ、読売屋の」

「ほら蔵さんだべ、橋の袂で尻をまくるわけにもいくめえ」

「あぁー」

と悲鳴を上げた空蔵が久慈屋に戻ってきて、

「久慈屋さんよ、野菜売りの婆様が厠を使いたいだとよ、久慈屋さんで貸してくれねえか」

「仇討ちに当たらず厠さがしの野菜売りのお婆に捕まりなすったか。致し方ございません、うちの厠を使ってもらいなされ」

と観右衛門に言われた空蔵が、

「おい、婆さん、久慈屋さんが親切にも厠を貸してくれるとよ。こっちに来《き》ねえ」

と橋を振り返ったが、野菜売りの老婆の姿は忽然と搔き消えていた。

「なんだい、あの婆さん、切迫している顔付きだからよ、おれが久慈屋さんと話をつけたのによ。姿がねえよ、どうしたんだよ」

「空蔵さん、蔵地の向こうに凄い勢いで走り込んで行きましたよ」

と駿太郎が空蔵に教えた。

「ちぇっ、どこぞ人影のない蔵の裏で尻《けつ》をまくっているかね」

と応じた空蔵が無意識に腹のあたりを触り、

「うむ」

と訝し気な顔をした。

「なにがありましたな、空蔵さん」

と観右衛門が問うた。

急に慌て出した空蔵が懐を探り、袖を探して、

「や、やられた」

と叫んだ。

「どうしました」

と駿太郎が尋ねた。

「あの野菜売りの婆、掏摸《すり》だ。おれの財布を抜き取っていきやがった」

と空蔵が叫んだ。

「野菜売りのお婆さんが掏摸ですか、よく探したほうがいいですよ」

駿太郎が慌てふためく空蔵を落ち着かせようとした。だが、空蔵は、

「読売屋の空蔵が、なんと婆さん掏摸にやられた」

と言いながら狼狽《うろた》えた。

「空蔵さんや、駿太郎の申すように落ち着いて探しなされ」

小籐次も言葉を添えた。

「酔いどれの旦那、必死の形相でよ、厠を貸してくれとおれの手を握ったときよ、腹のあたりが軽くなったんだ。だがよ、おりゃ、婆さんの用足しに久慈屋の厠を借りようと走り戻ったものだから気付かなかった」

「財布にいくら入っていました」

と帳場格子の中から観右衛門が尋ねた。

ふうっ
と大きな息を吐いた空蔵が、

「今日は、勝五郎さん方、職人の支払いの日だ。二両二分と一朱ほど入っていた。ちくしょう、人がいいにもほどがあるぜ。婆さんの厠探しをしてよ、てめえの財布を掏られていりゃあ、世話はねえや」

空蔵がふらふらとまた店の中に戻ってきて、上がり框にどしんと音を立てて座った。

「えらい災難でしたな」

観右衛門が慰めの言葉を吐いた。だが、顔にはどことなく笑みがあった。

「大番頭さん、笑っては失礼です」

昌右衛門が注意したが、八代目も笑いをかみ殺していた。

茫然自失した空蔵は、目が虚ろで主従の笑いに気付かない。いつも他人の不幸や悲劇をタネに読売に書いて金を稼いでいる空蔵のしくじりだ。なんとなく笑いたくなる。

「空蔵さん、秀次親分が見えましたよ」

駿太郎が空蔵に教えた。

「盗られたあとに十手持ちが来たってどうにもならないや」

と力なく空蔵が呟いた。

銀太郎と乙次の手下二人を従えた秀次に駿太郎が事情を手際よく説明した。

「なんだって、読売屋が読売のネタをこさえたかえ」

と言いながら空蔵の傍らに秀次親分が立った。そして、

「ちょいとばかり遅かったな」

と言った。

「なんだ、ちょいとばかり遅いってのは、親分よ」

「このところ、婆さん掏摸が二件ほど立て続けに起こってんだよ、それも必死の形相のひと芝居、厠を探していると訴える間にひと仕事ってやつだ」

「親分、遅いや、そんな話」

「だから遅いと言っているじゃねえか。で、婆さんはどっちへ逃げたえ」

「親分、駿太郎が見ておった。橋向こうの蔵地に逃げ込んだようだ」

　小籐次が秀次に応じた。

「銀太郎、乙次、橋向こうの蔵地と蔵地の間の路地なんぞに空の財布が捨てられてねえか、探してみねえ」

　秀次が命じて銀太郎らが飛び出していった。

「親分、おれの財布が見つかっても中身の金子は入ってねえよな」

「しっかりしねえ。おめえさんも一端《いっぱし》の読売屋じゃねえか、掏摸の手口やそのあとどうするかくらい承知だろうが。で、いくら、入っていたえ」

「二両二分一朱ほどだそうで」

　悄然とした空蔵の代わりに観右衛門が答えた。

「二両二分一朱だって。いつだってそんな大金持ち歩いているのか」

「今日は職人衆の支払い日だそうで」

と再び観右衛門が答えた。

「災難は重なるもんだな」

「呑気なこというねえ、親分よ。婆さん掏摸が横行しているならさ、さっさと捕まえねえな」

空蔵が急に怒りの顔で秀次に突っかかった。

「これまでの二件は、おれの縄張り外だ。最前、近藤の旦那から年寄りの担ぎ商いの掏摸が二件あったと聞いたばかりなんだよ。二つの掏摸で、婆様掏摸は七両二朱稼いでいるそうだ。空蔵さんの金子と合わせると十両近いな」

「くそっ、あの婆め、人の親切を仇で返しやがって」

空蔵があらためて激高した。

「空蔵さん、憤慨しているより仕事をしないでよいのか」

と小籐次が言った。

「仕事ってなんだよ、最前からネタ探ししていて掏摸に遭ったんだろうが」

「だから、年寄り掏摸に自ら遭ったことを書けばよかろう。自らの体験だ、恥をすべて晒《さら》して書けば世間の啓発になろうが」

「おれが掏摸に遭ったことを書けってか」

沈思していた空蔵が、

「二両二分一朱を取り戻すにはそれしかないな」

と上がり框でため息をつくと、銀太郎が縞《しま》の財布を手に久慈屋に戻ってきた。

「親分、乙次はあのあたりの住人に話を聞いていらあ」

と言いながら財布を空蔵に見せた。

「おお、おれの財布だ。まさか金は入ってねえよな」

「空蔵さんよ、使い込んだ財布には芝神明社の富くじが一枚残っていただけだ。こいつがあたりくじだと、一挙に取り戻せるぜ」

銀太郎が空蔵に言った。

「銀太郎さんよ、そいつは外れくじなんだよ。なんとなく災難避けに財布に残していたんだが、あの婆掏摸め、外れ富くじと承知かね」

と吐き捨てた。

「うちの店座敷を使い、最前からの一部始終を書きなされ」

観右衛門に言われて空蔵がようやく少しばかり元気が出たか、久慈屋の板の間から店座敷に向かおうとした。

「茶でも飲みませんか、ここは気分を変えたほうがいい」

と観右衛門が小籐次に言い、

「親分もどうですね」

と誘った。

「父上、あの掏摸って、真にお婆さんですか」

駿太郎が言い出し、店座敷に行こうとしていた空蔵が、

「駿太郎さんよ、おりゃ、それほど耄碌《もうろく》してねえよ、婆さんかそうでないかくらいは区別がつくぜ」

といい、小籐次が、

「駿太郎、どういうことか」

と質した。

「逃げるところをちらりと見ただけです。でも、あの足の運びは年寄りのものとは違います」

「なんだって」

空蔵が上がり框に戻ってきて考え込んだ。

「確かに老婆の形だが、言われてみればおれの手を握った婆さんの手はしわしわ

じゃなかったな。なにより手ざわりがよ、若い女の手かもしれないいな」

と空蔵が言い出した。

「ほうほう、面白いことになったな。これまで二件は年寄り婆さんだと思ってよ、探索していたはずだ。若い女が年寄りに扮して、つい親切心を引き出す手口だとすると、これまでの探索で引っかからないはずだ。こりゃ、駿太郎さん、いいところに目をつけなさったかもしれないな」

秀次が駿太郎を褒めた。

「親分さん、でも、私は一瞬ちらりと見ただけです」

「いや、駿太郎さんはただの十三歳じゃございませんよ。赤目小籐次様から来島水軍流の剣術を習ってきて、大人顔負けの腕前だ。剣術の技を磨いてきた眼差しが掏摸の逃げ足を見たんだ、こいつは当たってますぜ」

「よし、こいつは中ネタに化けたかもしれねえな。となると若い女が年寄りに化けて、年寄りの物言いや動きをするのは、何者だな、親分」

「宮芝居の女役者か、手際のいい掏摸の手口からいって、浅草奥山あたりの芸人くずれかもしれんな」

と秀次は言い、

「だがよ、空蔵さんよ、婆さん掏摸が若い女かもしれないというところだけはまだ読売にしちゃならないぜ」

と釘を刺した。

「なに、だめか、駿太郎さんの見方はよ、ただの掏摸騒ぎじゃねえって、肝心要の話なんだがよ」

「いずれおまえさんに最初に話すぜ。だから、今のところは己の間抜けぶりを世間に晒してよ、警鐘にしねえな」

と秀次が空蔵を説得し、

「わっしは近藤の旦那に報告してまいりやす」

と銀太郎をつれて久慈屋を出ていき、空蔵も店座敷に籠って己が遭った年寄り掏摸の話を書き始めた。

「なんですか、妙な日でございますね」

と昌右衛門が洩らして、小籐次と駿太郎は茶も飲まず仕事に戻った。

この日、そろそろ仕事を仕舞いにしようかという刻限、おしんが姿を見せた。

「空蔵さんが尾張町を京橋に向かって駆けていくのを見かけました。なんぞ騒ぎがございましたか」

　と質した。

「ああ、読売屋の空蔵さんの尻に火がついた話よ」

　と前置きした小籐次が、年寄りに化けたと思える女掏摸の手口と空蔵の悲劇を手短に話した。

「あれ、まあ、お気の毒に」

「なあに、年寄り婆さんと思った掏摸が若い女かもしれんのだ。空蔵は、こんなことでもなければ手を握ってもらえまい」

「赤目様、それはいくらなんでもひどくはございませんか」

「掏られた二両二分一朱など一気に取り戻す読売に化けるといいがな」

「さあ、そううまくいきますかね」

　とおしんが首を捻った。

「で、おしんさんの話はなんだな」

「店仕舞ですね、私を望外川荘に向かう小舟に乗せて下さいな、その舟の中でお話し致します」

　とおしんが言い、小籐次と駿太郎は明日も久慈屋で研ぎ仕事をする心積もりで、

久慈屋に、

「また明日お目にかかろう」

と挨拶して船着場に下りた。

二

正月十六日、小籐次、駿太郎親子は駒形町の畳屋の備前屋に仕事場を設けようと訪ねた。すると三吉が二人の研ぎ場を設えてくれたが、なんとなくそわそわとして、いつもの様子とは違った。他の若い職人たちもふだんの形と違い、仕事をする様子がない。

「父上、職人衆や三吉さんの様子がおかしいです」

駿太郎も気付いて洩らし、小籐次はしばし考えた。

「しまった、本日十六日は藪入りであったな。迂闊にもかような日に備前屋さんに仕事にきてしまったわ」

と小籐次が悔やんだ。そこへ隠居の梅五郎が煙草盆を手に姿を見せて、

「赤目家では藪入りもなしか」

と笑いかけた。

「うん、いわれればお梅が髪を結っておったな」

「父上、母上がお梅さんに土産を用意していました」

正月十六日から春の藪入りだ。

町屋に奉公している下男下女は実家に戻ることを許され、主やおかみさんから小遣いや土産を貰っていそいそと奉公先をあとにした。

この春の藪入りと七月十六日の秋の藪入りの二つは、奉公人にとっては待ち遠しい日であった。

一方、武家方に奉公している女中腰元は実家に二〜三年に一度、里帰りすることを宿下がりと称した。いずれも楽しみな日であった。

「相済まぬことをした。若い職人衆の頭が一様に小ぎれいに結い上がっていると思うたら藪入りであったな。駿太郎、本日はわれらも休みに致そうか」

そこへ神太郎の女房のおふさが姿を見せて、小遣いを職人衆に渡し始めた。

在所から奉公にきて江戸近郊に戻る実家がない職人連中は、仲間同士連れだって浅草寺の奥山などに繰り出し、そのあと、吉原の昼見世で女郎と遊ぶのが楽しみなのだ。

三吉がふたたび姿を見せたとき、いつもの仕事着ではなく真新しい縞木綿の袷《あわせ》を着せられて手に土産を下げていた。他の職人衆がいそいそと出かけたあと、三吉が最後に残った。

「三吉、初めての藪入りであったか」

「赤目様、去年の秋の藪入りは奉公したてでさ、今年が初めてなんだ」

と応じた三吉はなんとも複雑な顔をしていた。

「どうした、嬉しくないのか」

「戻っても貧乏長屋でよ、弟や妹がいてよ、おっ母さんの愚痴をぐじぐじ長々と聞かされるだけだ。おりゃ、別に川向こうに帰らないで備前屋で過ごしていてもいいんだがな」

と言った。

三吉の父親は酒代の借金があって、そのいざこざの最中に殺された。お伊勢詣でのあとのことだ。そんなわけで実家に戻るのが楽しいという顔ではなかった。

「三吉の齢で吉原に遊びにいくというわけにもいくまいな」

梅五郎が三吉を見ていった。

「まだ吉原は早いな、せいぜい奥山あたりかのう」

と応じた小籐次が、

「三吉、まずおっ母さんや弟妹に顔見せに長屋へ行ってこい。もし長屋にいたくないのならば、備前屋に帰ってきて過ごせ」

「藪入りの間、長屋で過ごさなくてもいいのか」

三吉が小籐次に尋ねた。

「備前屋の職人衆の中には在所から奉公にきた者もいよう。行き場のない者が藪や林に入ってなんとのう時を過ごす故、藪入りというと聞いたことがある。三吉、まず長屋に帰っておっ母さんや弟妹に会うて、備前屋さんから頂戴した土産を渡せば、そなたの好きにしてよかろう」

と小籐次が言うのを聞いた駿太郎が、

「父上、三吉さんがこちらに戻ってくるまで研ぎ仕事をしていませんか。その上で三吉さんにうちに泊まってもらうのはどうでしょう。三吉さんだって久しぶりにシロに会いたいでしょう」

駿太郎の言葉に三吉の顔が、
ぱあっ
と輝き、

「駿太郎さんちに泊まっていいのか。シロといっしょに過ごせるのか」

と喜びの声を上げた。

「おお、その手があったな。三吉、どうだ、この駿太郎の考えは」

「赤目様よ、駿太郎さんよ、おれの帰りを待っててくれるよな」

と念押しした。

「大丈夫です、三吉さんが戻るまで備前屋さんで仕事をしています。ああ、そうだ、父上、小舟で三吉さんを大川の向こう岸まで送っていきます」

と駿太郎が言い出し、

「ならば、わし一人で隠居の相手をしていよう」

と話がなった。

「駿太郎さんよ、おれ、半刻も長屋にいればさ、十分だからよ、昼前までには戻ってくるよ」

と三吉が言い、駿太郎と出かけた。

備前屋の店先で小籐次は畳造りに使う刃物の手入れをしながら隠居の梅五郎と時を過ごした。

もっぱら話すのは煙管《キセル》できざみ煙草を吸う梅五郎の仕事だ。

「なに、駿太郎さんがアサリ河岸の桃井道場に入門したか。赤目小籐次が親父様だ、町道場でよ、わざわざ稽古代を払って稽古をすることもあるまい」

「まあ、そうじゃな」

「おまえさんは天下無双の酔いどれ様だ。桃井道場はよ、噂では他流試合で勝ったことがない道場と聞くぜ。なぜそんな弱い道場に通わせるよ」

「親父、赤目様には赤目様の考えがあるんだよ」

と奉公人がだれ一人としていない仕事場の片づけをやっていた倅の神太郎が、梅五郎に言った。

「赤目様には、なにをするにも深い考えがあってのことだ」

「だがよ、神太郎、世間で弱いと評判の桃井道場に赤目小籐次の倅が弟子入りして、得をするのはどっちのほうだ」

「そりゃ、桃井道場には束脩《そくしゅう》が入る。いやなにより天下の赤目様の倅が入門したとあってはよ、桃井のほうが大得だな。どんどんと弟子入りする者が増えるぜ」

「だろう。となりゃ、赤目の旦那よ、理屈に合わんな」

梅五郎が神太郎に相槌を打ち、小籐次に問うた。

「うん、まあ、考えはないことはない」

前置きした小籐次は、駿太郎が桃井道場に通い始めた経緯を、研ぎ仕事をしながらぼそりぼそりと語った。

おお、やっぱりな、と得心した風の神太郎が、

「親父、分かったな。赤目様とおりょう様にはかように深い考えがあって桃井道場に通わせることになったんだよ」

「そんなに深い考えか」

「駿太郎さんは格別な十三歳だな、ものの道理は分かっている、研ぎ仕事だって一人前の職人だ、剣術だって習うより教えるほうだ。今の侍なんぞ、まともに稽古もしていめえ、駿太郎さんにかかっちゃ、大概の侍が敵うまい。このまま育つに越したことはねえ。だがよ、同じ年ごろが周りにいないせいで、考え違いする大人にならないか案じてよ、赤目様とおりょう様は桃井道場を選ばれたんだよ」

「ふーん、分かったような、分からないような理屈だな」

梅五郎が呟き、火の消えた煙管を一服し、

「桃井道場には与力同心のガキどもが弟子に多いと聞いた。まあ、悪さは駿太郎さんに教えめえな」

と己を納得させるように言った。

「神太郎さん、おまえさんは子供のうちから親父どのの仕事を継ぐつもりでいなさったか」

小籐次の問いに、うむ、と神太郎が思わず洩らして、

「こっちに矛先が向いたか」

苦笑いし、

「小うるさい親父だぜ。こんな親父のあとを継ぐなんてだれが思うよ。おりゃ、そうだ、駿太郎さんの齢からこの近辺の悪ガキと悪さのし放題で、十五、六になったときは家に戻らず、朋輩の家を泊まり歩いていたな」

「で、あろうな。それが並みの男子が通る道だ。わしも厩の掃除や内職仕事が日課の下屋敷から逃げ出しては品川宿で遊び惚けていた。その仲間が松平の殿様の妾腹の子であったがな、本妻の嫡子などが若くして身罷ったりして、なんと信州松野の藩主になっておられるわ」

「おお、読売でその話を読んだことがあるな。つまりガキ時分の悪さ仲間は大人になっても付き合いがあるもんだ。親のいうことばかり聞いて育ってはろくな大人にならねえっていう教訓だ。分かったか、親父」

「ちぇっ、二人してガキ時分の悪さを互いに自慢するねえ。おめえや酔いどれ様

の悪ガキ時代は聞いた。だがよ、駿太郎さんは利口な十三歳だ、別にわざわざ悪ガキになるために道場通いすることもねえと思うがね」

「おれも駿太郎さんが仲間を見習い、おれや酔いどれ様のガキ時分みたいになるとは思えねえ。だがよ、大人になったとき、若いころの朋輩との付き合いが大事になってくるんだよ。赤目様だって、昔の悪仲間の殿様、松平保雅様を助けるために信州の松野藩城下くんだりまで旅をされたな、それほど悪ガキの絆は強いんだよ」

「まあ、二人の話がおよそ分からないわけじゃねえ。うちの一太郎はどうだ、神太郎よ」

「心配するねえ、おふさはあれこれとおれにいうが、婆様から銭をもらってこの界隈のガキどもと大人の真似事をしているぜ」

「な、なに、一太郎め、そんなことをしているか」

「ああ、寺子屋なんぞは半分も行っていめえ」

と神太郎が言ったとき、駿太郎が戻ってきた。

「うちの一太郎も駿太郎さんの爪の垢でも煎じて飲ませねえと、浅草寺御用達の備前屋が傾くぜ」

「なんの話です、ご隠居さん」

駿太郎が梅五郎に聞いた。

「大した話じゃない。それより三吉は長屋に戻ったであろうな」

「川向こうまで送っただけです。でも三吉さん、あの齢でえらいですよ、舟の中でこちらから頂戴したお小遣いをおっ母さん、弟の勉次さんや妹たちにやるんだって、小分けにして紙に包んでいましたよ。あれでは一文も自分の小遣いは残りませんね」

「ほう、三吉がそんなことをな」

梅五郎が感心した体で言い、

「あいつはなんたって幼いガキを伴ってお伊勢参りをやり通した小僧だからな、しっかりしているぜ。うちのように爺様と婆様に甘やかされて育ったガキじゃねえや」

と神太郎が言った。

駿太郎は自分の研ぎ場に腰を下ろして下地研ぎを始めた。

梅五郎の相手をしながら小籐次と駿太郎はいつも以上に丁寧に備前屋の道具の手入れをした。なにしろ職人衆はいないし、仕事場は休みだ。いくらでも仕事はあった。

備前屋で昼餉を馳走になって昼下がりから親子は仕事を再開したが、三吉が帰ってくる様子はなかった。

「やっぱりおっ母さんのもとがいいのかね」

梅五郎が洩らしたがだれもなにも答えない。

「どうやら赤目親子の親切は反古《ほご》にされたか」

「隠居、致し方あるまい」

小籐次が梅五郎に答えたとき、三吉が弟の勉次を連れて困惑の体で戻ってきた。

「おお、勉次も連れてきたか」

「赤目様、すまねえ。勉次の野郎もシロに会いたいって、おれから離れないんだよ。おっ母も望外川荘は大きな屋敷なんだろ、勉のやつも連れていけとおれに押付けたんだよ、米の減りが少なくて助かるとよ。二人して厄介になっていいかね。寝るとこはどこでもいいからよ」

と三吉が言った。

「父上、今日は早上がりしましょうか。研ぎ残った道具は持ち帰らせてもらい、うちで研いでもいい」

「ならば、本日の仕事はこれで早仕舞じゃ」

小籐次の言葉に梅五郎が寂しそうな顔をした。


この日の望外川荘の夕餉はえらくにぎやかだった。

お梅が藪入りで里帰りしていたが、その代わりを三吉と勉次が埋め、シロがなにより喜んだ。

駿太郎とお鈴が二人を浅草奥山に明日案内することになり、おりょうから三吉は小遣いを貰った。備前屋から頂戴した小遣いを母親や弟妹たちに分けたことをおりょうは駿太郎から聞いたからだ。

「三吉兄ちゃん、赤目爺ちゃんの家はうちの長屋より大きいな」

勉次が望外川荘や広い庭を見廻していった。

「勉次、裏長屋と比べものになるか」

「金持ちか」

「金持ちが研ぎ屋をやるか。兄ちゃんも駿太郎さんちが金持ちか貧乏か分からないや」

兄弟の会話を聞いて、笑い出したのはお鈴だ。

「あなたたち、お伊勢参りで出会って赤目様と旅をいっしょにしたんでしょ。それでも赤目様の暮らしが分からないの」

「分からねえよ」

「私も分からないわ。きっと、このうちはお金より大切なものがあるのね、それが私たちの気持ちを大らかにするのよ」

「お金より大切なものってなんだい」

「三吉さん、もう少し大きくなったらきっと分かるわ。そうそう、お伊勢参りの御利益があったわね、天下の赤目小籐次様と知り合ったんですもの」

「ああ、そう思うよ」

と三吉が素直に答えた。


その夜、駿太郎の部屋で三吉、勉次の兄弟はいっしょに寝た。

囲炉裏端に小籐次とおりょうの二人が残り、台所でお梅の代わりにお鈴が洗いものをしていた。

「御鷹始の仕度はどうだな」

小籐次が茶を飲みながらおりょうに聞いた。

「わが屋敷へのお立ち寄りはお忍びでございましょう。人数は十人程度と思うてようございますな」

「公方様ほか近習衆で七、八人じゃが、青山の殿様は参られぬそうだ。まあ、十人程度かのう。おお、鷹狩りのお帰りゆえ喉が渇いておられよう。不酔庵で一服されたあと、こちらで酒を召し上がるかのう。仕度だけはしておこうか」

「わが君、忘れておりました。父が文をくれまして、その日、手伝いに参るそうです。出仕した折に青山様の用人どのに耳打ちされたそうな」

「なに、公方様のお忍びのお立ち寄りの折、舅どのが手伝ってくれるか、なんとも心強いな。わしと公方様では話も合うまいからな」

「いえいえ、父はそなたの婿どのと家斉様は気が合うておられると文に書いて参りました」

「ふーん、わしと公方様がのう」

と言った小籐次が、

「やはり一行の人数じゃがそれなりに増えそうとは思わぬか」

「警護のご近習衆のほかにも増えるかもしれませんね」

「よし、わしが明日、もう一度竹藪蕎麦の美造親方と話し合うておこう」

お鈴は、天下広しといえども、囲炉裏端で夫婦がかような会話を淡々と交わしているところがどこにあろうかと思った。

篠山にいれば、だれよりも藩主青山忠裕様の存在が一番だ。江戸へ出てきて、老中職とは申せ、青山の殿様が三百諸侯の一人に過ぎず、公方様が天下人と強く認識させられた。

だが、望外川荘では、囲炉裏端で御鷹狩の帰路に立ち寄られる将軍徳川家斉公の接待を平然と夫婦で話し合っていた。

篠山に帰り、公方様が御鷹狩の途次、赤目家に立ち寄られたと話してもだれも信用はしまいなと、お鈴は思った。

お伊勢参りの道すがら赤目小籐次と会ったことが三吉に御利益をもたらしたとお鈴はいったが、

(この私も赤目様一家と出会って天下を知ることができたのだ)

と強く思った。

次の日、朝稽古を終えた駿太郎とお鈴、それに三吉と勉次兄弟の四人は、クロスケとシロを連れて竹屋ノ渡し船に乗り、山谷堀が隅田川に合流する船着場に渡って、金竜山浅草寺にお参りにいった。そのあと、奥山の見世物小屋に見物に向かう予定だった。

小籐次は昼前までに備前屋から預かってきた道具を研ぎ上げ、小舟に積んで備前屋に届けるために出ていった。そのついでに美造親方に御鷹狩の客人に出す蕎麦のことを改めて念押ししておこうと考えたからだ。

三

正月も残り少なくなって、望外川荘は朝から忙殺されていた。

竹藪蕎麦の美造親方とおはる夫婦、縞太郎がまず五つ時分に船でやってきて、百助の暮らす別棟の台所と板の間を使い、蕎麦打ちと山菜の天ぷらの仕度を始めた。竹藪蕎麦の面々は店を休んで望外川荘に出向き、打ち立ての蕎麦と野菜の天ぷらを客人に食してもらったことがあった。

あの折の客人は芽柳《めやなぎ》派の歌人たちで、老中青山以外は小籐次から前もって知らされていた。だが小籐次は美造に、

「親方、こたびの客人は前もってそなたに伝えるわけにはいかぬ。むろん客人一行が来た折に何人《なんぴと》か知ることになるやもしれぬ。じゃが、そのことをだれにも口外せぬと誓ってもらわねばならぬ」

「酔いどれ様、わっしが信用できないというのか」

「信頼してなければ頼むものか。だがな、わが望外川荘でも、こたびの客人が訪れることはだれにも話せぬし、だれに問われようと知らぬ存ぜぬを押し通すことになる。それでも接待に際し、そなたしか頼る者はいないのだ。面倒なら断られても致し方ない」

小籐次の言葉にしばし考えた末に、

「分かった。ならば、わっしとかかあに倅の縞太郎の三人だけで伺おう、二人には望外川荘の頼みとしかいわねえ」

と美造は約定してくれた。

そんな美造親方ら三人が黙々と仕度にかかった。それでも縞太郎が小籐次に視線を向けて、

「赤目様よ、なにがあってもいけねえや、三十人前の蕎麦と山菜の天ぷらができるように用意してきたからよ」

と張り切っていった。店の外の望外川荘で蕎麦打ちをするのが嬉しいらしいのだ。

「有難い。よしんば残ったとしてもわれらが頂戴するでな」

「ああ、そうしてくれ」

と答えた美造が、

「酔いどれ様、知っているか。読売屋の空蔵さんが婆様掏摸に財布を抜き取られたことをよ」

「おお、われら親子、久慈屋で仕事をしておったから承知じゃ。読売に自らの恥を晒したか」

「ああ、あの読売、結構売れたそうだぜ。その上よ、あの婆さん掏摸、宮芝居の役者崩れの女だと、馬喰町《ばくろちょう》の公事宿《くじやど》に泊まっているところを南町奉行所の役人がとっ摑まえたとよ。もっとも空蔵さんが掏られた二両二分だかの銭は一文も戻ってこなかったがな」

「自らを読売のネタにして売って儲けたのならば、それはそれでよしとすべきであろうな」

と小籐次が空蔵の機嫌やいかにと考えた。

一方、数日前から不酔庵におりょうとお梅とお鈴の三人の女たちが風を入れ、掃除をして茶事の準備をなした。

お梅とお鈴は不酔庵の周りや泉水に浮かんだ落ち葉を拾い、庭掃除をした。おりょう一人が茶道具、杓立《しゃくたて》、火箸、水指《みずさし》、茶器、茶杓、茶碗、建水《けんすい》、蓋置、茶釜などをいつも以上に慎重に検《あらた》めた。

「おりょう、どうだな」

と小籐次が姿を見せた。

「あれこれと迷いましたが、わが家でできることは限られております。その中でおもてなしすると決めました」

「背伸びをしても致し方なかろう。望外川荘の初釜ではあるが、相手様が御鷹狩の帰りじゃ。武張った御鷹始の身支度ゆえな、茶事接待は迷惑かもしれぬ、こちらがそう構えてもなるまい」

「そうですね、御鷹狩のお帰りの上様を不酔庵での茶事にお招きするのは迷惑かもしれませんね。庭先で薄茶を供するのがよいのかもしれません」

御鷹始は年があけての初めての鷹狩りをいう。上様に随行するのは若年寄以下限られた者であった。

　元々鷹狩りは武芸の一環として代々伝えられ、また鷹場の様子を見てまわる行事だ。

「ゆえに茶を供するのも庭先がよいのかもしれぬ。されどここまで仕度をなしたのだ。庭先か、不酔庵か、その折に判断を致そうか。その折は不酔庵の亭主をおりょうが務めよ、上様のほかはどなたかのう、不酔庵ではせいぜい四、五人ほどの客人しか入れまい」

「おまえ様の申されるとおり、不酔庵と庭先両方にお茶事の仕度をしておきましょう。なんとのう上様はおまえ様と一服なされたいように思います」

　とおりょうが言った。

　すでに庭先に縁台を数脚置き、野点《のだて》の仕度がなっていた。

　おりょうは最後に茶室に庭に咲く寒椿を一輪手折って活けた。望外川荘の泉水の小島には遅咲きの紅梅が庭に彩を添えていた。

　小籐次が庭を見廻っていると老中青山忠裕の密偵中田新八とおしんが姿を見せた。

「ご苦労にございますな」

「殿様に命じられて手伝いに参られたか」

「御鷹狩の時には老中は城中に控えておるのが習わしゆえ、そなたら、なんなりと手伝えとのお言いつけで参りましたが、どうやらすべて仕度は済んでおるようですね」

「御鷹狩のお帰りじゃ。この数日な、上様に不酔庵に上がってもらうのがよいのか庭先でよいのか、おりょうもわしも迷うておる」

「赤目様、殿からの言付けにございます。上様は赤目小籐次様とおりょう様に会って話がしたいそうな。気遣いは無用にせよとのお言葉が伝えられたそうです」

「とは申せ、なにもないのもな。過日は、城中白書院で酒を頂戴したゆえ、なんぞお慶びになるものがあればよいがのう」

「赤目様とおりょう様のお話の接待がなによりかと存じます」

というところにおりょうの父の歌人、北村舜藍《しゅんらん》が姿を見せた。

「おお、舅どのが見えて、ほっと安堵致しましたぞ」

小籐次は正直な気持ちを洩らした。

「はや仕度はなっておるようじゃな」

「おりょうが茶室におります。舅どのにご点検をお願いしましょうか」

小篠次の言葉に舜藍がにじり口から茶室に入って、親子で話を始めた。

「新八どの、殿にお礼を申してくれぬか。新川の酒屋が丹波杜氏の手掛けた四斗樽を届けてきた。心遣いかたじけない」

「こたびばかりは老中の出る幕はないと残念がっておられました、ところが」

「うむ、ところがとはなにかござるか」

「昨日、御城下がりの前に、上様が殿を呼ばれて、『下野、そなた、いつもより早めに下城して望外川荘に参れ』と命じられたそうでございます」

「おお、さらに心強いお方が見えられるか。舅どのといい、青山の殿様といい、赤目夫婦にはなんとも心強い味方でござる」

ふっふっふふ
とおしんが笑い出した。

「天下無双の酔いどれ様がさようなことを」

「おしんさん、わしは豊後森藩の小名の下屋敷の厩番じゃぞ。公方様にどう応対せよと申されるか」

「どのようなことがあれ、赤目様がお相手なされば上様は上機嫌のはずと、わが殿が申しておりました」

「わしのもくず蟹のような顔が上様の好みかのう」

「その傍らにおりょう様がおられるのです。なんの不安がございましょうか」

とおしんが言った。

「そう、おりょうが頼りじゃな」

「もうお忘れですか」

「忘れたとはなにをだな、新八どの」

「篠山に参られる前、城中に呼ばれ、白書院で上様を始めお歴々を前にして、大杯で酒五升を飲み干され、そのうえで夏の雪を降らせたのはどこのどなた様でございますな」

「おお、さようなこともあったな。となると上様になにをお見せすればよかろうか。わしは研ぎ屋の爺じゃぞ、他に芸はないでな」

小籐次が困惑するのを新八とおしんが嬉しそうな顔で眺めた。

「いらっしゃい。中田様、おしんさん」

稽古着姿の駿太郎がクロスケとシロを従えて船着場から飛んできた。

「おや、桃井道場に稽古に参られましたか」

「はい」

「道場には慣れましたか」

「おしんさん、門弟衆のどなたも親切です」

「それはよかった」

「稽古のあと、研ぎ仕事に行こうと思ったのですが、母上から本日は寄り道せずに望外川荘に戻ってきなされと命じられました。やはり上様をお迎えしたほうがよろしいですよね」

「駿太郎さんは上様との対面より研ぎ仕事ですか」

「うちの大事な仕事です」

不酔庵から北村舜藍とおりょうの親子が姿を見せた。

「ああ、祖父上《じじうえ》、お出ででしたか」

「おお、駿太郎、また一段と背丈が伸びぬか、おりょう」

「もはや父親を上から見下ろしております」

「そなたの亭主は背丈は低くとも、人間の器がな、この空ほどに大きいでな」

舜藍が望外川荘の春の青空を見上げた。

「おりょう、篠山の殿様がお見えになるそうじゃ」

「御鷹狩には老中様は参られぬと、おまえ様、申されませんでしたか」

「青山の殿様は下城ののちに望外川荘で上様をお待ちになるそうじゃ」

「それは心強いお方が増えました」

「おや、そうなると茶室では茶の接待は無理かのう」

と小籐次が首を捻り、

「いきなり酒でおもてなし致すか」

との小籐次の迷いの顔を見て、中田新八とおしんが微笑んだ。


この日、老中四つ（午前十時）上がり、八つ（午後二時）下がりの慣わしを青山下野守忠裕は破り、半刻ほど早めに下城すると大手門前に待たせていた篠山藩の船に乗り、須崎村の望外川荘の船着場に八つには到着していた。

船着場では小籐次とおりょうが出迎えた。むろんひっそりと密偵の中田新八とおしんも藩主の到着を見守っていた。

「ご足労に存じます。御鷹狩ご一行は未だお見えになりません」

「赤目、おりょう、造作をかけるな」

城中では上様を除いて御三家、御三卿からすら「御老中」、あるいは家紋にちなんで「無文銭どの」と恭《うやうや》しくも呼ばれる幕閣最高位の一人である青山下野守が、望外川荘の主夫婦に親しげに話しかけた。

篠山藩訪問に際し忠裕の上意状を携え、藩中の綱紀粛正を見事に果たした赤目小籐次に対して、感謝の想いが込められていた。

「御老中、御鷹狩のご一行はまだ少なくとも四半刻はお見えになりますまい。おりょうが一服茶を差し上げたいと申しておりますがな」

「なに、おりょうが茶を馳走してくれるか。頂戴しよう」

登城姿のまま不酔庵に通ることになった。

不酔庵の前で北村舜藍、駿太郎にお鈴が青山忠裕を出迎えた。

「おお、北村舜藍どの、すでに参っておられたか。どうだな、予と娘御の点前を相伴せぬか」

と誘い、さらに駿太郎とお鈴にそれぞれ声をかけた。

「駿太郎、そなた、また背が伸びおったな」

「どなた様もそう申されます」

駿太郎の返答に笑みで答えた忠裕が、

「鈴、もはや篠山には戻りとうないのではないか」

「いえ、戻ります。ただしそれは殿様が老中を辞され、篠山に下がられる折にお供させて下さいませ」

「ふっふふ、考えおったな」

と満足げに笑って忠裕が不酔庵に舜藍とともに招じられ、亭主のおりょうが点前座について茶を点てた。

忠裕の勧めで小籐次も列座した。

おりょうが静かに茶を点てている間、忠裕が、

「本日、上様の供に先の若年寄、ただ今は西の丸側用人を務めておられる方がお一人加わっておる」

と不意に言った。

小籐次も舜藍も思わず忠裕の顔を見て、無言のうちに頷いた。茶の席でわざわざ御鷹狩の供に触れるには曰くがなければならない。それに歌人の北村舜藍を連客に誘っていた。このこともこの話に関わりがあると小籐次は即座に察した。舜藍はなにも応じない。

「田沼意正《おきまさ》である」

忠裕の言葉に小籐次も舜藍も答えず、おりょうは淡々と茶を点てていた。

田沼家は前将軍家治の時代に全盛を誇った田沼意次の血筋である。意次の失脚

に伴い、遠江相良藩《とおとうみさがら》は廃絶され、意次が築いた相良城も廃城になった。孫にあたる意明《おきあき》は陸奥国下村で一万石が与えられ、家名だけが残った。三年前の文政六年に意次の四男意正が旧領相良に一万石の大名として戻っていた。だが、かようなことを赤目小籐次はまるで知らない。

「赤目小籐次どの、そなたに挨拶があろう」

と忠裕が言った。それ以上の言葉がないと知り、小籐次は、

「ははあ」

と受けた。

老中青山忠裕がわざわざ茶席で口にすることだ。聞きおくと小籐次は肝に銘じた。

不酔庵で茶を喫した三人は再び船着場に戻った。

折しも隅田川から湧水池への水路に御座船が入ってくるのが見えた。家斉の乗る御座船を囲んで三艘の警護船が湧水池に入り、御座船だけが空けられていた船着場に接岸した。

小籐次、忠裕、そして舜藍の三人が腰を折り、頭を下げて迎えた。

「赤目小籐次、世話になる」

家斉の言葉は磊落《らいらく》だった。

「赤目小籐次、これに勝る光栄はございませぬ」

家斉が御座船から下りたと見て小籐次は頭を上げた。

「御鷹狩の首尾、いかがにございましたな」

「帰りの望外川荘訪問が気になってな、鷹狩りは気もそぞろであったわ」

と応じた家斉の機嫌は悪くないと老中青山忠裕は思った。

御座船から五人の近習衆が下りた。『御鑓拝借』以来、武名を江都に轟かした

とはいえ、十一代将軍家斉と一介の研ぎ屋爺の小籐次の親しい間柄を思わせる問

答にだれもが改めて驚いていた。

突然、家斉が歌人の北村舜藍に視線を向けた。

「おお、赤目小籐次の舅も参っておるか」

「上様が望外川荘お訪ねと洩れ聞きまして、なんぞ手伝いがあればと参じまし

た」

うーむ、と応じて辺りを見回し、

「須崎村にかような池があるとはのう。小籐次、案内せえ」

家斉の前に立った小籐次は船着場から雑木林を抜けて、泉水のほとり、不酔庵

の傍らに出た。

「上様、おりょうが一服茶を差し上げたいと申しておりますが」

「なに、茶か」

「御鷹狩のお姿、茶室に入るは面倒にございますれば、庭にも仕度がしてございます」

不酔庵で足を止めた家斉が、

「茶もよいがりょうに頼みがある」

と言い出した。

その言葉を聞いたおりょうがにじり口から優雅な動作で姿を見せ、家斉に向き合うと、

「赤目りょうにございます」

と初対面の挨拶をした。その手に茶室に飾られていた寒椿が一枝あった。もはや茶の接待は要らぬとおりょうは考えたのであろう。

家斉がおりょうを見て、
ふっふふふ
と微笑み、

「赤目小籐次、果報者よのう」

「上様、いかにも赤目小籐次、天下の果報者にございます」

「おうおう、下野、そのほうの知り合い爺がいいおるわ」

と言った。忠裕は家斉のご機嫌がよいと改めて拝察した。

「茶もよいがそなたが描いておる『鼠草紙』が見たい」

と家斉がいきなり言い出した。

小籐次は、

(青山様が上様に篠山訪問の一件を告げたか)

と得心した。

「上様、私めの描く素人芸の『鼠草紙』は未だ半ばにございます」

「それでよい」

おりょうが小籐次を見て、小籐次が小さく頷いた。

「丹波篠山の青山様が所蔵の『鼠草紙』の写しにございます。お目よごしのそれでよければ」

「念には及ばぬ」

と答えた家斉が、

「りょう、案内せえ。本物の『鼠草紙』の持ち主の下野、予に従え」

とおりょうと青山下野守忠裕に命じた。

四

庭にとり残された小籐次は、家斉の御近習衆に、

「御鷹狩帰りのご一統様にもはや茶でもあるまい。母屋にて酒が仕度してござる。過日、白書院で馳走になったお礼にいかがでござろうか」

と話しかけた。

「赤目氏、上様のご意向をお伺いしてのちでようござるか」

近習の一人が許しを乞い、頷いた小籐次が、

「駿太郎、上様に打ち立ての蕎麦が用意してございますが、『鼠草紙』をご覧になったあと、お召し上がりになりませぬか、と聞いて参れ」

「はい」

と返事をした駿太郎が母屋の一室、ただ今はおりょうの画房になっている座敷に駆けていった。

そのとき、小籐次は不酔庵の前で北村舜藍と家斉の供の一人、御鷹狩姿の老武家が話しているのを見た。すると舜藍が小籐次の視線に気付き、

「婿どの、ちとこちらへ」

と手招きした。

「舅どの、なんぞ御用かな」

「いや、格別なる用でない。遠州相良領主田沼玄蕃頭《げんばのかみ》意正様をご紹介申し上げたい」

最前不酔庵で老中青山忠裕にこの名を聞いたばかりだ。小籐次は会釈して、

「よう、望外川荘にお出でなされました」

と挨拶した。すると舜藍が、

「婿どのは田沼様の父御を承知かな」

「田沼様と申されると、明和から天明にかけて老中を務められた田沼意次様でござろうか」

小籐次の言葉に頷いた舜藍が、

「田沼様は意次様の四男にござってな、意次様は全盛を誇ったのちに不運にも失脚なされた。そのあと、田沼様もご苦労をなされた。その当時、駿河沼津藩の水

野家に養子縁組をなされて父上の行状とは関わりはなかった。だが、武家方では知らぬ存ぜぬでは参らぬ。水野家を離縁され、田沼家に戻ってこられた」

意正の誇れぬ経歴まで語り出した。

舜藍は無意味に他人の過去の話をする人物ではない。なぜ舅が小籐次に初対面の人物の不遇を語るのか、理解がつかなかった。一方で北村舜藍が本日望外川荘を訪ねてきたのはこのためだったのかと、小籐次は得心した。

「婿どの、田沼意正様は父上や兄御の意知様の盛衰を傍らから見てこられたお方、そのために不運にもせずともよい苦労をされておられる。養家水野家も忠友様から忠成《ただあきら》様に代替わりなされ、当代の忠成様は上様の信頼あつきお方にござってな、そのお助けもあって父上の遠江相良藩に復帰なされたのじゃ」

舜藍が意正の履歴を言い足した。

「はあ」

「婿どのと話が合おうと思うたでな、そなたにお引き合わせしたのじゃ」

その言葉を聞いた小籐次は、やはりと思った。

（もしやして）

芝口橋の『御鐺頂戴』騒ぎの背後に控えていた人物とは、眼前の田沼意正ではあるまいか。

いや、意正の重臣が「昔の夢よ、もう一度」と、功を焦るあまり芝口橋の二度にわたる騒ぎを引き起こしたのではないか。老中青山忠裕はそのことを中田新八、おしんらに調べさせ、御鷹狩に事寄せてかような機会をお膳立てした。そして、小籐次の舅にあたる、政《まつりごと》とは無縁の歌人の北村舜藍に口利きさせ、対面させて事の決着を図ろうとしているのではないか、と考えた。

「田沼意正様、それがし、見てのとおり一介の研ぎ屋の爺にござる。そなた様がお望みなれば、向後ともよしなにお付き合いのほど願い奉る」

と小籐次のほうから丁寧に言い添えた。

意正が弱々しい声で、

「赤目どの、こたび真に見苦しい醜態を家臣が繰り返しおった。北村様が説明なされたとおり、亡き父の栄華の夢を追う家臣どもがつまらぬ真似をしてしもうたものよ。なにも知らなかったなどと言いわけもできぬことをそれがしも承知でござる。赤目どの、本日は恥を忍んで老中青山様の忠言に従うて、望外川荘を訪れた。こたびの一件、見逃がしてくれまいか」

と頭を下げた。

小籐次は田沼意正の家臣たちに重い裁きが下されたことも、空蔵の売口上で聞き知っていた。

「田沼様、相分かり申した。本日は上様をはじめ皆の衆もおられる、この一件はこれにて落着致し申した。須崎村を楽しんで下されませぬか」

と小籐次が願った。

そのとき、

「父上、上様のお許しがでました。皆様を母屋にお誘いください」

と駿太郎の声が望外川荘に響いた。

「おお、そうか。ならば、舅どの、田沼様、酒と打ち立ての蕎麦を用意してござる。あちらに参ろうか」

母屋は縁側の雨戸はすべて開け放たれていたが障子戸は閉じられていた。ために玄関から望外川荘に招じ上げられた家斉らの姿は見えなかった。

小籐次に案内され、望外川荘の玄関から一行は座敷に通った。

すでに母屋の座敷に十人ほどの座が出来ていた。

襖で仕切られた隣り座敷から家斉と青山忠裕が交わす言葉が聞こえた。時折り、おりょうの応える声も混じって聞こえる。

「下野、りょうは一派を率いる歌人じゃな、一芸に秀でた者は絵もなかなか趣があるではないか。それにしても下野は『鼠草紙』なる絵巻を所蔵しておったか」

「上様、母が嫁入りの折に持参したものと聞いております。されどわが篠山の蔵でみるより望外川荘のこの画房の『鼠草紙』は、権頭に託した歌心が溢れて、それがしが記憶している『鼠草紙』よりのびのびとしてようございます」

「りょう、この『鼠草紙』が完成した折は大奥で披露してくれぬか。女たちが喜ぼうでな。下野、どうだ、予の考えは」

「大奥のお女中方は喜びましょう」

青山忠裕が請け合った。

「上様、それにしてもわが藩所蔵の『鼠草紙』とは異なるもの、望外川荘の赤目りょうのお伽草紙『鼠草紙』にございますな。ほんものの桜より一足先に桜の満開を見ているようでございます」

と応じる忠裕の声がして、

「なんじゃ、よい香りが漂っておらぬか」

と家斉が訝し気に言い出した。

「本日、上様のお成りにお合わせして、ふきのとう、せり根、たらの芽、菜の花などを天ぷらにし、打ち立ての蕎麦といっしょに用意してございます。上様は打ち立ての蕎麦をお好みでございましょうか」

とおりょうが尋ねた。

「なに、打ち立ての蕎麦にふきのとう、たらの芽の天ぷらを予に馳走してくれるか。りょう、御鷹狩は腹が空くわ、城まで空腹にて帰らねばならぬか、と思うておったが望外川荘にて蕎麦を食せるか。下野、蕎麦を食するのは久しぶりじゃぞ」

と家斉の言葉が弾んでいた。

小籐次と駿太郎が次の間の襖を明け、ついでに庭を望む障子を開いた。すると春の西日が穏やかに望外川荘の庭に射し込み、その向こうに浅草寺の一角や雪を頂いた富士の峰が見えた。

次の間から現れた家斉が縁側に立ち、

「舜藍、そのほうの婿めは、元豊後森藩の厩番と聞いたが、なかなか数奇者じゃな、この景色だけでも百万石に値しよう」

「畏れながら申し上げます。わが婿どのの心底と言動は、歌学方風情には察しもつきませぬ」

「上様、父上、このりょうとてしばしばわが背の行いには惑わされます」

おりょうの言葉に家斉が破顔した。

「この年寄り爺のどこに惚れたかのう、りょう」

と家斉が笑みの表情で言った。

「上様は男を見る眼をお持ちでございます」

とおりょうが言い、

「りょうが言いおるわ。下野、赤目小籐次とりょう夫婦に敵う者はこの江戸にはおるまいのう」

「まず一組としておりますまい」

二人の会話に田沼意正だけが緊張していた。

「上様、お席について下され。本日の酒は青山の殿様のご領地の丹波杜氏が造り上げた酒にございます。本日のために青山様からお贈りいただきました」

小籐次は、酒が老中青山忠裕からの頂戴ものと披露し、お鈴とお梅が緊張の様子で銚子を運んできてその一つをおりょうに渡した。

おりょうがまず家斉の酒器に注いだ。

小籐次も田沼意正に酒を勧めた。

「おお、天下に名高い酔いどれ様から酌をしてもらうとは、上様、御老中、意正は果報者にございます」

と言いながら盃を受けた。一同の酒器が満たされ、最後に小籐次の盃におりょうが注いだ。

「上様、御鷹始、ご苦労にございました。まずは喉を潤して下され」

と小籐次が願い、一同が丹波篠山の酒を飲み干した。

「おお、美味いぞ、下野」

そこへ揚げたてのふきのとう、せり根、たらの芽、菜の花など山菜のてんぷらが供されると、一同から感嘆の声が上がった。

城中では三度の食事の折は、御膳所から物々しく運ばれて毒見役を御膳奉行が行ない、家斉が箸をつけるころには膳の上の食い物の大半は冷えていた。だが、望外川荘では、旬の山菜の天ぷらの揚げたてだ。

「上様、それがしが毒見役を相務めますでな」

というと下座に着いた小籐次はお梅が運んできた器の菜の花の天ぷらに、行徳の浜で造られた塩を振りかけ手で摘まんで、ぱくりと食して、

「おお、これは絶品じゃぞ」

と満面の笑みを浮かべた。

「これ、おまえ様、手で食べるなど、上様の前で礼儀知らずにもほどがございます」

とおりょうが注意し、

「おお、上様、ご一統様、これは失礼を致しました。されど揚げたての物は、手で摘まんで食うのが一番美味うございますでな、お許し下され」

「天下の酔いどれもりょうに掛かっては赤子同然じゃな、予も一度は手で食してみたかった」

と言った家斉が、ふきのとうに塩を一つまみかけ、小籐次を真似て手で摘まんで口に入れた。

「うむ、酔いどれの申す通りじゃ、揚げたての天ぷらに行徳の塩、手づかみは堪《こた》えられぬのう」

家斉の顔からも満足の笑みがこぼれた。

一同は、山菜の天ぷら、丹波の酒を酌み交わし、最後に美造親方自慢の打ちたての蕎麦を食して、

「おお、蕎麦は望外川荘にかぎるな」

と家斉が大いに堪能した言葉で締めくくった。

予定を大きく超えて暮れ六つ（午後六時）に家斉公の御鷹狩一行は待機していた船に乗った。その御座船には老中青山忠裕も同乗したが、船頭らから何事か囁かれた忠裕が、

「上様、御座船の面々も蕎麦や天ぷらを馳走になったそうでございます」

「なに、わが船頭どもにも気配りしおるか。赤目小籐次とりょう夫婦のなすこと一々心にくいのう、この夫婦が江戸でもてはやされるのはこの気遣いかのう、玄蕃頭」

家斉に質された田沼意正がしばし返答に窮したが、

「上様、望外川荘の主夫婦、ただ者ではございませぬ。意正、本日初の対面をなし、ただただ感服致しましてございます」

と答えた。

「小籐次、そのほうの料理人によう伝えてくれぬか。予は天ぷらと蕎麦が食しとうなったら望外川荘に参るとな」

「いつなりとも、数日前にお知らせ頂ければ仕度致しますでな」

「うむ」

と満足の頷きを返した御座船が灯りを点して湧水池から隅田川へと出ていった。

警護の船を従えた御座船が視界から消えて、船着場に小籐次一家三人と北村舜藍が残り、おりょうが、

「父上、本日はお疲れでございましょう。望外川荘に泊まっていかれませ」

と父を気遣った。

「なに、泊まってよいか」

三人が船着場から戻ると、どこからともなく中田新八とおしんが姿を見せた。

「ご苦労に存じました」

と新八が言い、おしんが、

「上様のあれほど上機嫌なお顔を見たことはない。赤目小籐次、おりょう夫婦の持て成し、何人も真似ができまい、と殿が囁かれました」

「そうか、天ぷらと蕎麦がお気に召されたか」

「赤目様、その前におりょう様の『鼠草紙』を堪能されたのではございませんか」

「おお、上様は満足されたようじゃな、『完成の暁には大奥のお女中衆に見せた

い』と申されなかったか」

「ご冗談でございます」

とおりょうが困惑して言った。

「上様は決して冗談など申されないと殿より聞いております。やはり赤目小籐次様とおりょう様のお人柄を信頼しておられるゆえの証です」

「と、申されますとおしんさん、このりょう、大奥に通りますか」

「うむ、大奥に通るのはよいが戻ってこんでは困るぞ」

と小籐次が真剣に案じた。

ふっふっふふ
とおしんが笑い、

「上様もおりょう様の意に反することはなさりますまい。赤目様が駿太郎さんと二人になるのはお可哀そうですからね」

「おお、そうよ」

「わが君、大奥にりょうが残ってもすることもございますまい。りょうは望外川荘の暮らしがようございます」

と言った。

「舅どの、本日の趣向は老中青山様のお考えでございますかな」

小籐次が話柄を変えた。新八とおしんも関わっていると思ったからだ。

「田沼様をお引き合わせしたことかな」

「いかにもさよう」

「このお二方を通じてでござる」

と新八とおしんの二人を見て、

「殿が後々にしこりを残さぬようとのお考えで、御側用人の田沼意正様を御鷹始に加えられたと聞いております」

とおしんが応じ、

(やはり芝口橋の『御鑓頂戴』騒ぎは、田沼様の家臣が企てたことか)

小籐次も胸中で確信し、

「田沼意次様の四男意正様は、父親の栄達と失脚の浮き沈みでいちばん損をなされたお方です。ところがその家臣方の中には、かつての意次様の老中時代の夢よ、もう一度と妄想されるお方がおりまして、あのような茶番を繰り返したのでございますよ」

とおしんが小籐次の予測した考えを裏付けた。

「とは申せ、あのように森藩の御鑓先を切り落としても、遠州相良藩になんの得があるのか、わしには分からぬ」

「当然、森藩久留島家の背後に赤目様が控えているゆえ、武名高き酔いどれ小籐次様の鼻を明かせば、遠州相良藩がまた五万七千石の大名家へ返り咲き、昔の夢が蘇るとでも考えたのでしょうかな」

と新八が言った。

「婿どの、田沼意正様は父親の栄枯盛衰を見ておられるだけに慎ましやかなお人柄でござろう」

「話をしてよう分かりました」

と小籐次は答え、

「新八どの、おしんどの、腹も空いたであろう。わが囲炉裏端に戻ろうか」

と誘った。

囲炉裏端では道具を片付けおえた美造親方、おはる夫婦に縞太郎の三人が小籐次らを待っていた。

「ぶっ魂消《たまげ》たぜ」

といきなり美造が小籐次に言った。

「おい、本日の客人は公方様だってな」

「察したか」

「いや、近習のお一人が厠に行く体でこちらに参り、わっしらに丁寧に礼を申されてな、金包みまで頂戴したんだよ。おりゃ、そうなると徳川家御用達の蕎麦屋になるのか」

「となるかのう。されど、この話は親方、春の宵の夢でな、ちらりと口の端に乗せてもいかぬ」

「それも承知だ」

美造親方ら三人が約定していた船がきて、それに乗って戻っていった。

囲炉裏端で小籐次一家に北村舜藍、中田新八、おしん、さらにはお鈴とお梅が加わって夕餉前の一献を改めて傾けた。

もはや内々の夕餉だ。

美造親方がいろいろと揚げておいてくれた山菜のてんぷらを食しながら、談笑に耽った。

「おしん従姉、殿様が江戸に残るかとお尋ねになられました」

「どう応えたの」

「殿様が老中を辞して参勤下番につかれ、篠山に戻られる折、同道致しますと答えたわ」

「そう、どうやらお鈴の親御様にお許しをいただく文を書くことになりそうね」

「ただし望外川荘にいつまでもお邪魔するのは迷惑でございましょう」

「ならば篠山藩の屋敷奉公をなしますか」

「武家方の屋敷奉公はもう結構です、おしん従姉」

「お鈴さん、ゆっくりと考えて、身の振り方をお決めなさい」

二人の会話を聞いていたおりょうが諭すように言い聞かせた。

五つ半（午後九時）過ぎ、新八とおしんの二人を送って、小籐次、駿太郎、お鈴の三人が三たび船着場に出た。本日はずっと百助の納屋に繋がれていたクロスケとシロもいっしょで辺りを飛び回っていた。

「気をつけてな、戻られよ」

と小籐次が言い、

「さようなら、おしん従姉」

と最後にお鈴が去り行く篠山藩の船に手を振りながら声をかけた。

そのとき、睦月《むつき》の下弦の月がゆっくりと上ってきて、須崎村の湧水池を淡く照らした。

小籐次は急に疲れを覚え、

（齢かのう）

と思った。

文春文庫

鑓《やり》騒《さわ》ぎ

新《しん》・酔《よ》いどれ小籐次《ことうじ》（十五）

定価はカバーに表示してあります

2019年8月10日　第1刷

著　者　佐伯《さえき》泰英《やすひで》
発行者　花田朋子
発行所　株式会社 文藝春秋

東京都千代田区紀尾井町3-23　〒102-8008
TEL 03・3265・1211㈹
文藝春秋ホームページ　http://www.bunshun.co.jp

落丁、乱丁本は、お手数ですが小社製作部宛お送り下さい。送料小社負担でお取替致します。

印刷・凸版印刷　製本・加藤製本
Printed in Japan
ISBN978-4-16-791325-0

文春文庫　最新刊